Schneckentempo

Translated to German from the English version of

Snail's Pace

Susan McDonough Wachtman

Ukiyoto Publishing

All global publishing rights are held by

Ukiyoto Publishing

Published in 2023

Content Copyright © Susan McDonough Wachtman

ISBN 9789357876162

All rights reserved.
No part of this publication may be reproduced, transmitted, or stored in a retrieval system, in any form by any means, electronic, mechanical, photocopying, recording or otherwise, without the prior permission of the publisher.

The moral rights of the author have been asserted.

This is a work of fiction. Names, characters, businesses, places, events, locales, and incidents are either the products of the author's imagination or used in a fictitious manner. Any resemblance to actual persons, living or dead, or actual events is purely coincidental.

This book is sold subject to the condition that it shall not by way of trade or otherwise, be lent, resold, hired out or otherwise circulated, without the publisher's prior consent, in any form of binding or cover other than that in which it is published.

www.ukiyoto.com

Contents

Chapter 1	1
Chapter 2	18
Chapter 3	33
Chapter 4	46
Chapter 5	59
Chapter 6	76
Chapter 7	91
Chapter 8	102
Chapter 9	119
Chapter 10	134
Chapter 11	152
Chapter 12	168

Chapter 1

Die junge Frau, die im Hongkong des Jahres 1884 über den staubigen Weg schritt, der als Straße durchging, sah nicht wie eine Abenteurerin aus. Von ihren schmutzigen Knopfschuhen bis zu dem Sonnenschirm, den sie sich über den Kopf gezogen hatte, sah sie aus wie das, was sie war: eine viktorianische Dame. Doch in einer behandschuhten Hand hielt sie eine Zeitung mit drei eingekreisten Anzeigen, und in ihrem Herzen schlummerte eine unladylike Entschlossenheit.

Sie betrat den Eingang des Geschäfts, in dem die dritte der Anzeigen, die sie in der Zeitung gesehen hatte, geschaltet worden war. Keine fünf Minuten später kam sie wieder heraus, und das Lachen des Inhabers folgte ihr auf die Straße. "Keine Frau wird heute in diesem Geschäft arbeiten, Lassie - oder nächstes Jahr oder nächstes Jahrhundert!"

"Verdammter Narr", murmelte sie vor sich hin. Wenigstens hatte er nicht vorgeschlagen, dass sie sich in einem Saloon bewerben sollte, wie es ihr früherer Interessent getan hatte. Aber vorzuschlagen, dass sie nur Gouvernante werden könnte! Sah sie wirklich so aus, als wäre sie ein Dummkopf? Als sie ihr Spiegelbild in einem Schaufenster betrachtete, nahm sie an, dass sie es tatsächlich war. Ihr perfekt aufgetürmtes kastanienbraunes Haar und ihre sorgfältig gepflegten Hände deuteten darauf hin, dass sie in der Stube ihrer Mutter sitzen sollte. Doch ihre Mutter war längst fort. Sie verdrängte ihre unbedauernswerte Mutter aus ihren Gedanken. Vielleicht zeigte sich ihr Bedürfnis nach einem Leben jenseits der Norm in ihrem Mund - ihrem breiten, leicht lachenden Mund, den sie von ihrem Vater geerbt hatte. Ihr sehr beklagter Vater ... Auch diesen Gedanken verwarf sie hastig, als ihr die Tränen kamen. Was sollte sie jetzt tun?

Sie wurde durch ein undeutliches Sprechen in der Nähe aus ihrem Dilemma aufgeschreckt. Als sie sich umschaute, sah sie einen chinesischen Herrn in einem roten Seidengewand, der sie anzusprechen schien. "Es tut mir sehr leid, aber ich kann leider kein Chinesisch."

Der Herr fummelte an einem seltsamen Anhänger herum, der um seinen Hals hing. Sie war schockiert, als eine klare Stimme in akzentfreiem Englisch rief: "Dieses verfluchte Ding! Mögen die Götter darauf pissen!"

Sie machte einen hastigen Schritt zurück und überlegte, ob sie weglaufen sollte. Der Herr richtete sich auf, dann verbeugte er sich.

"Entschuldigen Sie, ich habe einen Vorschlag für Sie."

Sie schaute sich um. Niemand sonst schien das seltsame Verhalten des seltsamen kleinen Mannes bemerkt zu haben. Sie wusste, dass sie zügig und entschlossen weggehen sollte (sie hörte die Stimme ihrer Mutter, die ihr das sagte), aber sie war neugierig.

"Sie sind Miss Susannah Maureen Chambers McKay, nicht wahr?"

"Woher kennen Sie meinen Namen?"

"Ich vertrete jemanden, der Sie engagieren möchte."

"Mich anheuern? Wie meinen Sie das?"

"Sie suchen einen Job, nicht wahr? Sie haben fast kein Geld mehr? Keine Möglichkeit, zurück nach England zu kommen?"

Susannah schnappte nach Luft. Das war zu beängstigend. "Entschuldigen Sie!"

Sie versuchte, sich an ihm vorbeizudrängen, aber er bewegte sich nicht, und sie stellte fest, dass sie ihn nicht zur Seite schieben konnte. Er war viel stärker, als er aussah. Die Neugierde, die ihre Mutter als ihren verwerflichsten Charakterzug bezeichnet hatte, zehrte jedenfalls an ihrer Entschlossenheit.

Der chinesische Gentleman fuhr fort: "Meine Arbeitgeber sind bereit, Ihnen 10.000 Fenig im Jahr zu zahlen, natürlich inklusive Kost und Logis. Nach einem Jahr würden sie Sie an einen Ort Ihrer Wahl bringen. Im Gegenzug wirst du Intlack, den Ältesten, in den Sitten und der Kultur des Britischen Reiches unterrichten." Der kleine Mann schien sich ein wenig zu entspannen. "Das ist es, was sie wollen, obwohl ich mein Bestes getan habe, um es ihnen auszureden. Die Aufgabe ist nicht einfach, aber Sie werden sich bestimmt nicht langweilen. Man könnte sagen, es wird ein Abenteuer sein, wenn du dich dafür entscheidest."

Das Wort ergriff sie. Die ganze Situation war unwirklich, aber ... *Abenteuer*. "Was sind Fenigs?"

Als er erklärte, dass "der größte Teil eines Fenigs aus Gold besteht", weil "sie den Glanz mögen", wurden Susannahs Befürchtungen von einer Flut der Gier weggespült. "Ich bin sicher, dass sie in England umgetauscht werden können, wenn Sie das vorhaben", versicherte er ihr.

Ein Fenig muss eine chinesische Münze sein, von der sie noch nie gehört hatte, dachte sie verwundert - 10.000 Goldstücke! Sie würde für immer ausgesorgt haben - und sich nie wieder das Lachen eines Ladenbesitzers anhören müssen. "Wer ist Intlack?"

"Der Sohn des Hauses. Er ist ungefähr zwölf, so wie man es schätzt."

"Wo leben sie?"

"Auf einem Schiff. Wir werden viel unterwegs sein."

Susannah lächelte. Sie liebte es zu reisen. Das Leben an Bord eines Schiffes mit ihrem Vater waren die glücklichsten Jahre ihres Lebens gewesen. Das musste eine sehr reiche chinesische Familie sein! Zweifellos hatten sie ihr Vermögen mit Opium gemacht. Ihr Vater hatte gesagt, das hätten viele getan. Sie betrachtete die großen Schiffe, die im Hafen anlegten, und wog ihre Möglichkeiten ab. Es waren bedauernswert wenige.

Der Mann schlurfte unruhig hin und her. "Sie ziehen das doch nicht ernsthaft in Erwägung, oder? Ich dachte, du würdest dich sofort umdrehen und vor mir weglaufen. Ich habe sogar damit gerechnet. Du kannst es dir nicht vorstellen - das sind Außerirdische, verstehst du? Sie sind nicht von dieser Welt! Das Schiff ist im Weltraum!"

"Ich verstehe", murmelte Susannah, obwohl sie ihn kaum gehört hatte. Ihr Kopf war voll von Abenteuern. Gouvernante für ein chinesisches Kind. In der Tat ein Alien, aber was für eine Herausforderung! Das Leben auf einem chinesischen Schiff, Welten entfernt von der englischen Stube, die sie gehasst hatte. Vielleicht war sie die erste Europäerin, die das Privatleben einer chinesischen Familie kennenlernte - und die Gelegenheit hatte, ihnen die zivilisierten Sitten Englands beizubringen. Kein Geschäftsmann in Hongkong würde sie einstellen. Sie hatte für ihren Vater als Sekretärin gearbeitet, aber kein anderer Mann würde einer Frau einen solchen Job geben. Sie würde sich bei einer englischen Familie als Kindermädchen oder Gouvernante verdingen müssen - oder das hier tun.

Sie blickte zu dem Chinesen hinunter. "Wann reisen wir ab?"

"Ist das Ihr Ernst?"

Sie nickte.

"Sie haben den Verstand verloren." Er reichte ihr einen Vertrag. "Wenn du das unterschreibst, gehen wir

jetzt."

"Jetzt?"

"Jetzt. Meine Arbeitgeber verschwenden keine Zeit."

Susannah begann, den Vertrag zu lesen, während der Chinese ungeduldig mit dem Fuß wippte. Susannah blickte ihn an. "Sir, wie ist Ihr Name?"

"Chiang."

"Nur Chiang?"

"Ja, genau."

"Nun, Chiang, was ist ein Shill?"

"So nennen sie sich selbst."

"Hmm." *Das muss ein weiteres chinesisches Wort sein, das ich noch nie gehört habe, dachte Susannah. Was muss ich da noch alles lernen!* Da sie die fremde Terminologie nicht mehr ertrug, überflog sie den Rest des Vertrages. Sie fand den Hinweis auf die 10.000 Fenig und die Garantie, sie nach einem Jahr an den Ort ihrer Wahl zu bringen. "Nun gut", sagte sie und reckte ihr Kinn mit dem, was ihr Vater ihr "Vollsegelgesicht" genannt hatte, in die Höhe.

Chiang reichte ihr ein Schreibgerät und sie unterschrieb mit ihrem Namen. Sie nahm an, dass sie nun zurück in ihre Zimmer gehen würde, um ihr Gepäck zu packen. Aber nein. Chiang sprach in den

Anhänger, der an seinem Hals hing. "Beam uns hoch, Snotty!", sagte er, und Hongkong verschwand aus Susannahs Blickfeld.

Sie schlug wild mit den Händen um sich, verlor das Gleichgewicht und erschrak. Wo war sie nur? Dieses Schiff, wenn es denn ein Schiff war, war anders als alle Schiffe, auf denen sie je gesegelt war. Sie stand auf einer Plattform in einem kleinen, farbenprächtigen Raum. Wie sie dorthin gelangt war, war ein unbeschreibliches Erlebnis gewesen, an das sie sich nicht zu erinnern versuchte. Offenbar beunruhigt über ihr weißes Gesicht, legte Chiang ihr eine Hand auf den Ellbogen. Susannah fragte sich, ob sie einem Chinesen erlauben sollte, ihr auf diese Weise zu helfen. Sie war es nicht gewohnt, mit braunhäutigen Menschen auf gleicher Augenhöhe umzugehen. Sie hatte keine Zeit, darüber nachzudenken, denn vor ihr am Schreibtisch stand ein großes lilafarbenes Wesen, das mit etwas vor seinem riesigen, grotesken Gesicht herumfuchtelte und laute, hupende Geräusche machte.

Susannah keuchte: "Spricht es mit mir?"

"Nein, er niest. Er ist allergisch gegen uns - er ist allergisch gegen alle Menschen." Er lächelte sie an. Er schien ihre Verblüffung zu genießen, seine braunen Augen funkelten. "Ich habe dir ja gesagt, dass dies anders sein wird als alles, was du bisher erlebt hast. Soll ich dich zurück nach Hongkong bringen?" Er beugte sich zu ihr, als wolle er sie von den Füßen reißen und selbst zurücktragen.

Sie vermutete, dass er es trotz seiner kleinen Statur auch könnte. Sie richtete ihr Rückgrat auf.

"Gewiss nicht." Ihre Mutter hatte immer gesagt, dass eine Dame niemals Schock zeigen sollte ("Es sei denn, meine Liebe, es geht um etwas, das - nun ja, etwas, das damit zu tun hat - sexueller Natur ist - und dann wäre es weitaus angemessener, einfach in Ohnmacht zu fallen.") Susannah fühlte sich jetzt ein wenig wie in Ohnmacht gefallen, aber dann begann sich der Sinn für Humor zu regen, den ihre Mutter immer als "unglücklich" bezeichnet hatte. Was würde ihre Mutter als angemessenes Verhalten ansehen, wenn sie mit einem allergischen Außerirdischen konfrontiert wurde? Susannah lächelte die schnaubende Kreatur freundlich an.

Chiang hingegen sah enttäuscht aus. "Gut, dann bringe ich Sie jetzt auf Ihr Zimmer." Er führte sie durch einen türkisfarbenen Vorhang hinaus. "Du kannst dich in Ruhe eingewöhnen. Heute Abend beim Abendessen werden Sie die Familie kennenlernen."

Sie atmete zweimal tief durch und folgte ihm in einen Korridor, der mit noch mehr dieser farbenprächtigen Vorhänge behängt war. Das hier war ganz und gar nicht wie das Schiff ihres Vaters. Wenn das Schicksal es ihnen nur erlaubt hätte, diese Reise gemeinsam zu machen, wie sehr hätte er sich darüber gefreut! Sie blinzelte die Tränen zurück. Wenn sie allein war, erlaubte sie sich, ein wenig zu weinen. Sie hatte nicht viel Gelegenheit gehabt, zu trauern. Eine Möglichkeit zum Essen zu finden, schien wichtiger zu sein.

Chiang bemerkte, wie sie blinzelte, als sie den Korridor entlanggingen, der vor Farben nur so sprühte. "Am Anfang ist es ein wenig überwältigend, nicht wahr? Bei der Familie ist Farbe eine Statur, je heller, desto besser. Und die Familie, das musst du verstehen, ist sehr wichtig. Da wären wir." Er schob einen magentafarbenen Vorhang beiseite und führte sie in einen Raum. Sie seufzte erleichtert, als sie feststellte, dass die Vorhänge hier in gedämpften Pastelltönen gehalten waren. "Wie Sie sehen, werden Sie gleich in die Schranken gewiesen."

"Das erinnert ja an Tausendundeine Nacht!" Susannah streichelte einen weichen Vorhang. "Ein Glück, dass ich in meine Schranken verwiesen wurde; ich glaube nicht, dass ich bei so leuchtenden Farben wie denen, die wir im Korridor gesehen haben, überhaupt zur Ruhe kommen würde!"

Chiang fummelte an einem Vorhang an der Seite des Raumes herum. Er zog ein kleines Bündel heraus und ließ es schnappen. Sie starrte erstaunt, als es sich sofort zu einem weich gepolsterten Bett aufblähte. "Wenn du es wieder aufblasen willst, drückst du es einfach an einem Ende zusammen."

Susannah fühlte das Bett. Es war weich und federnd und fühlte sich an, als sei es mit etwas mehr als Luft gefüllt.

"Federn", sagte Chiang. "Ob du es glaubst oder nicht. Auf der Erde hat man Gänsedaunenmatratzen entdeckt."

Daraufhin drehte sie sich scharf um. "Also - bitte seien Sie offen. Wo sind wir, Mr. Chiang?" Sie sah ihm direkt ins Gesicht und bemerkte, dass er das kompakte, muskulöse Aussehen vieler Chinesen hatte, die sie gesehen hatte. War er Chinese?

"Nur Chiang, bitte." Seine braunen Augen musterten sie neugierig. "Ich bin mir nicht sicher. Wahrscheinlich ist er schon über Venus. Soll ich sie bitten, umzukehren?"

Sie wandte sich von diesen forschenden Augen ab. "Sie haben mir doch gesagt, dass wir auf einem Schiff reisen würden, das im Weltraum unterwegs ist. Ich - ich vermute, dass ich nicht ganz richtig gedacht habe ..."

"Es gab für Sie keine Möglichkeit, das zu verstehen. Ich wusste, dass es ein Fehler war. Ich habe versucht, es ihnen zu sagen."

Susannah hörte ihm nicht zu. Gerade war ihr etwas eingefallen. "Sind meine Arbeitgeber - Chinesen?"

Er starrte sie an. "Nein!" Er seufzte und verschränkte frustriert die Arme. "Ich dachte, ich hätte das klargestellt. Ich habe ihnen gesagt, dass du aus der falschen Kultur für so etwas kommst. Kein Kontakt mit außerirdischem Leben. Nicht einmal eine Vorstellung von anderen Welten."

Das hatte sie gehört. "Was meinen Sie damit? Wollen Sie damit sagen, dass ich keinen Kontakt zu außerirdischem Leben hatte? Mit welchen Worten würden Sie den Unterschied zwischen der chinesischen Lebensweise und der einer Engländerin beschreiben? Können Sie sich nicht vorstellen, dass Hongkong, nachdem ich mit meiner Mutter in London aufgewachsen bin, für mich wie eine andere Welt war?"

Er schnaubte. "Schatz, du weißt nicht, was fremd ist. Ich habe ihnen gesagt: 'Wenn sie nicht in einen Schockzustand gerät, wird sie völlig durchdrehen.' Aber sie haben nicht auf mich gehört."

Sein Tonfall ärgerte sie. "Sind Sie kein Chinese? Von der Erde?"

Chiang hielt inne. "Nun, ja. Ist schon lange her. Aber bitte sagen Sie es niemandem. Ich sage allen, dass ich Maureaner bin. Die Erde gilt als das Hinterwäldlerland des Universums - sie hat nicht einmal einen Universellen Repräsentanten! Ich würde es begrüßen, wenn Sie meine Herkunft für sich behalten würden. Wenn du respektiert werden willst, dann nimmst du auch eine neue Heimat an."

Langsam setzte sich Susannah auf das niedrige Bett, dann sprang sie erschrocken auf. "Lebt er?"

"Nicht wirklich, nein", sagte er abwesend. "Setz dich ruhig darauf. Es wird dir nicht wehtun."

Aber werde ich ihm wehtun? fragte sie sich. Vorsichtig setzte sie sich hin. Das Bett begann wieder ein beruhigendes Schnurren. Sie versuchte, sich zu entspannen und beobachtete neugierig, wie Chiang mit seiner kleinen Schachtel herumspielte. "Wäre es unhöflich zu fragen, wozu das gut sein soll?"

"Nein." Er sah stirnrunzelnd zu ihr hinunter. "Ich bin der einzige Mensch auf diesem Schiff außer dir, Susannah." Sie wusste, dass sie ihn scharf dafür tadeln sollte, dass er ihren Vornamen ohne Erlaubnis benutzt hatte, aber das schien im Moment ein wenig belanglos zu sein. "Sie können mich alles fragen, was Sie wollen. Nichts ist zu unhöflich. Aber du solltest nur mich fragen, okay? Du kannst nicht wissen, was für die anderen Kreaturen an Bord unhöflich ist. Einige der anderen - oh, das ist lächerlich. Du gehörst nicht hierher. Dies -" er schüttelte die Kiste, "ist ein Kommunikator, ein Übersetzer und einige andere Dinge. Und jetzt werde ich dem Captain und der Familie mitteilen, dass sie dich zurückbringen müssen. Sie hatten kein Recht, dich hierher zu bringen."

Sie sprang wieder auf die Beine. "Du wirst nichts dergleichen tun!" Sie riss seine Hand vom Kommunikator weg. "Wer bist du, dass du eine solche Entscheidung für mich treffen kannst? Wohin soll ich zurückkehren? Soll ich zurückgehen, um Gouvernante eines verwöhnten kleinen englischen Kindes zu werden? Wo ich doch die ganze Zeit hätte durch den Weltraum fliegen und außergewöhnliche Abenteuer erleben können? Das werde ich nicht!" Sie versuchte, ihren Tonfall zu mäßigen. "Bitte, Chiang." Sie merkte, dass sie immer noch seine Hand hielt, errötete und ließ sie fallen. "Das wird keine leichte Umstellung, aber es wird sicher eine interessante sein! Ich bitte dich. Du hast es geschafft!"

"Nun, ich, ja, ich habe es getan, aber - du hast nicht -" Er seufzte. "Die meisten Frauen wären nicht einmal gekommen. Warum hast du es getan?"

"Nun, ich brauchte das Geld. Ich glaube, Sie wissen, dass meine Mutter in England gestorben ist." Er nickte. Sie ahnte, dass er sie nicht gerne ansah, und setzte sich wieder auf das Bett. "Und mein Vater hat mich mit seinem Schiff nach Hongkong gebracht." Sie lächelte. "Es war sein sehnlichster Wunsch, dass ich einen geeigneten Herrn kennenlerne und heirate und so in Sicherheit bin. Aber leider - nun, um die Wahrheit zu sagen, war ich kein bisschen traurig, als kein geeigneter Gentleman auftauchte - ein paar unwahrscheinliche Gentlemen, aber die habe ich schnell weggeschickt! Ich fürchte, ich habe eine sehr unladylische Vorliebe für Reisen und Abenteuer."

"Das lerne ich gerade."

"Ja, gut. Als mein Vater starb, musste ich zu meinem Entsetzen feststellen, dass das Schiff gar nicht sein Schiff war, sondern der Bank gehörte. Er war, fürchte ich, kein guter Geschäftsmann. Ich musste mir eine Arbeit suchen. Ich muss zugeben, Gouvernante zu sein, war das Letzte, was ich tun wollte. Aber in meiner schwierigen Lage gab es nur wenige Möglichkeiten." Sie seufzte. "Es schien, dass mich niemand für etwas anderes einstellen wollte."

"Sie müssen doch irgendwo Verwandte haben."

"Oh, ja, natürlich." Sie versuchte, die Knöchel übereinander zu schlagen, aber das Bett war zu niedrig, um es bequem zu tun. "In England. Es hätte sechs Monate gedauert, bis sie von meiner misslichen Lage erfahren hätten und mich hätten holen lassen können. In der Zwischenzeit musste ich essen."

"Aber warum diese Arbeit?" fragte Chiang mit hartnäckiger Missbilligung.

"Weil er besser bezahlt wurde. Ich wusste, dass ich, wenn ich diese Arbeit annahm, schließlich in der Lage sein würde, mit Stil nach England zurückzukehren, anstatt als verwaiste alte Jungfer oder als Gouvernante, die für immer von anderen abhängig ist, um zu überleben. Und ich muss zugeben, mein Vater war ein Spieler, und ich habe vielleicht einen Hang dazu geerbt." Sie lächelte, als sie sich erinnerte. "Er hat am Ende alles verloren, aber er hat sich prächtig amüsiert. Meine Mutter hat ihn immer missbilligt. Er war ein charmanter Schurke, und ich glaube, er hat sie in die Irre geführt, als er um sie warb. Sie tat ihr Bestes, um mich in der Kunst, eine Dame zu sein, zu unterrichten. Was sicherlich für keinen von uns leicht war! Und sie hat versucht, mir eine Vorsicht einzuflößen, die mir offensichtlich fehlt!" Sie lachte. "Vater lehrte mich, dass man Risiken eingehen muss, um zu leben!" Sie warf den Kopf zurück, und ein paar Nadeln rutschten aus ihrem Haar. Kaskaden von braunen Wellen drohten unkontrolliert herabzufallen. "Oh, Fiedel! Ist ein

Spiegel vorhanden?" Das Schiff schien leicht feucht zu sein, wie ein Londoner Nebel, der ihr Haar zum Kräuseln brachte.

"Hinter diesem Vorhang." Chiang zeigte ihr, wie sie den Vorhang zurückziehen konnte, so dass ein leerer Bildschirm sichtbar wurde. "Tippen Sie einmal darauf", demonstrierte er, "und Sie haben einen Spiegel. Wenn du öfter drauf tippst, bekommst du andere Sachen - aber ich glaube nicht, dass du dafür schon bereit bist. Und hinter diesem Vorhang ist deine Röhre."

"Wie bitte?!"

"Für deine 'persönlichen Bedürfnisse'. Die Toilette. Die Toilette. Das Wasserklosett. Aber es gibt kein Wasser. Du wirst es schon herausfinden."

"Oh", sagte sie leise und hoffte, dass er Recht hatte. *Was würde Mutter dazu sagen?*

"Sie bewahren alles hinter Vorhängen", fuhr er fort. "Außer ihre Gedanken." Er warf ihr einen Seitenblick zu, wodurch sie sich seiner schräg stehenden Augen bewusst wurde.

Ihr Vater hatte die Chinesen undurchschaubar genannt, erinnerte sie sich. Sie hörte auf, an ihrem Haar herumzufummeln und sah ihn misstrauisch an. Worauf könnte seine Bemerkung hindeuten?

"Ich sehe nach, ob das Abendessen fertig ist", sagte er beiläufig.

"Was haben Sie gemeint?", fragte sie.

"Was meinst du damit?"

"Spielen Sie mir nicht die Unschuldige vor. Sie sagten: 'Außer ihren Gedanken.' Ich bin nicht schwachsinnig. Was hast du damit gemeint?"

"Nein, du bist gewiss nicht schwachsinnig. Unsere Auftraggeber sind Telepathen. Sie sprechen nicht laut", fuhr er fort, als er sah, dass sie nicht verstand. "Sie können Gedanken lesen. Aber sie sind sehr diskret. Sie lesen nur oberflächliche Gedanken - zur Unterhaltung, weißt du. Sie werden nicht tiefer schauen - es sei denn, sie 'hören' etwas, das für sie gefährlich sein könnte. Denke also friedliche Gedanken und der Rest deines Gehirns wird dir gehören."

Susannah sackte ein wenig zusammen. "Ach, du meine Güte ... Ich - ich war vielleicht voreilig, als ich sagte, dass mich nichts davon abhalten würde, an Bord zu bleiben! Könnten Sie den Shill bitte beschreiben?"

"Sie mögen Farben und Schmuck. Sie mögen keine Gewalt und keine Unstimmigkeiten jeglicher Art. Außer unter den Regisax." Auf ihren fragenden Blick hin erklärte er: "Die Regisax sind diejenigen, die die Maschinen an Bord bedienen. Ihre Spezies hat dies seit Generationen für die Shill getan. Ich schätze, die Shill können mit den hitzigen Gemütern und der Engstirnigkeit der Regisax umgehen, weil sie es so gewohnt sind. Das einzige, was einen Regisax interessiert, sind sein Stolz und seine Maschinen. Wenn der, den Sie kennengelernt haben - ich nenne ihn Snotty, weil er allergisch gegen mich ist - gegen uns, meine ich -, wenn er meine Gedanken lesen könnte, hätte er mir schon längst mit einer Fingerkralle den Schädel aufgerissen. Die Familie könnte das Schiff nicht ohne sie führen. Die Kultur der Shill ist etwa fünfzigmal älter als unsere - das heißt, als die der Chinesen, die älter ist, als ihr Engländer zugeben wollt - und sie leben etwa fünfmal länger als der Durchschnittsmensch. Ihre Kinder brauchen etwa vierzig unserer Jahre, um zu reifen. Ihr Schützling ist nur fünfundzwanzig."

"Aber - wie sehen sie denn aus?"

"Oh!" Er grinste. "Sie sehen aus wie Schnecken, meine Liebe. Wie große, *dicke* Schnecken."

Chapter 2

Als Susannah mit Chiang den Speisesaal betrat, stellte sie fest, dass die Familie die farbenprächtigsten Schnecken war, die sie je gesehen hatte. Ihre Schalen waren in allen erdenklichen Farben gefärbt und mit funkelnden Juwelen in komplizierten Mustern besetzt. Ihre Körper jedoch waren wie die jeder anderen Schnecke - grünlich-grau und feucht von Schleim. Die Feuchtigkeit in der Luft, die sie vorhin bemerkt hatte, war im Speisesaal noch viel deutlicher zu spüren. Als sie ihren Gastgeber, ihre Gastgeberin und ihre zukünftige Schülerin ansah, verstand Susannah. Sie schluckte schwer und hoffte, dass sie etwas essen konnte. Drei Tentakelpaare schwangen auf sie zu und schlängelten sich um sie herum. Sie erhaschte den Hauch eines aufgeregten Gedankens:

>Der Barbar hat die Farbe eines Niedrigsten der Niedrigen/ Weltgebundenen Schlammkrabblers ohne Farbe, Mutter! Was kann mir ein solcher

beibringen?<

Es folgte ein verdrängendes Gefühl:

>Manieren!<

>Aber sie denkt, dass wir - nass und klebrig sind, glaube ich - ist das höflich?<

>Das ist nicht die gewohnte Kommunikationsform der Erdfrau. Sie wird es lernen. Und du auch.<

>Aber, Mutter!<

Eine neue Gedankenstimme meldete sich scharf zu Wort:

>Intlack!<

Susannah stolperte leicht über die Stärke dieser Stimme in ihrem Kopf. (Außerdem drückten ihre besten Schuhe zwickten ihr in den Zehen.) Die Gedanken eines anderen Wesens in ihrem Kopf zu haben, war eine beunruhigende Erfahrung. Wenn man seine Gedanken nicht seine eigenen nennen konnte, was blieb dann noch übrig? Sie wurde jedoch durch die Erkenntnis abgelenkt, dass die Persönlichkeiten der "Sprecher" in ihrem Kopf genauso deutlich hervortraten, wie sie es getan hätten, wenn sie deren Stimmen gehört hätte - vielleicht sogar noch deutlicher. Intlack "fühlte" sich für sie sehr wie ihr Cousin James an, mit dem sie in ihrer Jugend gelegentlich ein Schulzimmer hatte teilen müssen.

>Vater! Die Fremde betrachtet mich wie ein Mitglied ihrer Familie! Das kann ich nicht ertragen!<

>Schweigen Sie!<

Die Wucht des Gedankens ließ Susannah zusammenzucken. Chiang kicherte, als er sie zum runden Tisch führte, der kunstvoll gedeckt war und sich kaum vom Boden abhob. Die beiden großen Schneckenhäuser reichten etwa bis zu Susannahs

Kinn, das der kleineren bis zu ihrer Taille. Sie saßen - sitzend? - nebeneinander um den Tisch herum, wobei zwei Plätze für sie und Chiang frei blieben. Für die Menschen waren große Kissen bereitgestellt worden.

"Susannah-Lehrer", sagte Chiang mit großer Förmlichkeit, "darf ich Ihnen Simtlack-Diplomat, seine Gefährtin Cheetlon-Consort und ihren Sohn Intlack-Eldest vorstellen."

Die Namen und Titel, wie sie sie von Intlack 'hörte', waren etwas anders, und sie merkte, dass Chiangs Anhänger nicht in der Lage war, die Nuancen zu erfassen. Susannah versuchte, die Gedanken an ihre matschigen grünen Körper und gewundenen Tentakel zu unterdrücken, und verbeugte sich nacheinander vor jedem. Sie 'hörte' einen Gedanken mit dem Geschmack von Cheetlon:

>Ich entschuldige mich für unseren kleinen Ausbruch, als du hereinkamst, Susannah-Lehrer. Wie du fühlen/ spüren/ empfangen kannst, braucht unser Sohn deine Führung. Meine

Partnerin/Liebe/Freundin und ich verbringen nicht so viel Zeit mit ihm, wie wir sollten.<

Chiang gab ihr ein Zeichen, sich zu setzen. Sie ließ sich etwas unbeholfen auf die Kissen sinken. Er

saß im Schneidersitz mit geübter Leichtigkeit.

"Ich danke Ihnen, Sir und Madame, dass Sie mich eingeladen haben."

>Danke, dass Sie gekommen sind<, antwortete Simtlack mit überwältigender Kraft. >Ich hoffe, Sie

Ich hoffe, Sie werden das Abenteuer finden, das Sie sich erhofft haben.

Simtlacks Tentakel richteten sich unablässig in ihre Richtung, aber sie bekam keinen Gedanken von ihm mit.

>Starr nicht so, Liebes.<

Die Tentakel schwenkten weg, dann schlängelten sie sich unwiderstehlich wieder zurück.

>Schleimst du, kriechst du, hinterlässt du Spuren?<

"P - wie bitte?"

Chiang kicherte.

>Intlack! Der Lehrer gehört zur gleichen Spezies wie Chiang und hat die gleichen Gewohnheiten.<

"Nun", sagte Chiang, "mehr oder weniger."

Susannah sah ihn stirnrunzelnd an. "Du könntest selbst eine Lektion in Benehmen gebrauchen", schnauzte sie.

"Bitte, unterrichte mich, Erhabener!"

In ihrem Kopf gab es das Äquivalent eines

Räusperns.

"Bitte entschuldigen Sie uns", sagte Susannah

gezüchtigt. Dann projizierte sie den Gedanken so deutlich, wie es ihr möglich war: Verzeiht uns.

Intlacks Tentakel richteten sich unablässig in ihre Richtung, aber sie bekam noch immer keinen Gedanken von ihm mit.

>Ihr müsst sprechen, sonst kann euch Chiang-Adviser nicht hören. Ich fürchte, du hast nicht die Kraft der Gedanken, dass er dich empfangen kann.

"Oh, ja, natürlich", murmelte Susannah. Und das war auch gut so. "Ich kann es immer noch nicht

verstehen", sagte sie laut, "wie Sie von mir erfahren haben?" Sie wälzte sich unbehaglich auf dem Kissen und zog ihr Kleid bis über die Knöchel herunter. Es war nicht nur Bescheidenheit; heimlich öffnete sie einige Knöpfe an ihren Schuhen.

Die selbstsicheren Gedanken von Simtlack sagten ihr:

>Wir haben durch unseren Vertreter in eurem Raumsektor von euch gehört. Wir hatten allen unseren Vertretern gesagt, dass wir einen Lehrer/Begleiter/Freund für unseren Ältesten suchen. Wir bevorzugten jemanden von einer fremden Spezies, jemanden, der in der Lage wäre, ihm etwas Toleranz und Manieren beizubringen, was er, wie Sie spüren können, braucht. Wir prüften Berichte aus verschiedenen Bereichen und wählten

Sie. Wir haben Chiang aus offensichtlichen Gründen als den besten unserer Berater für die

Kontaktaufnahme mit Ihnen ausgewählt. Er wird Ihr Berater sein, bis Sie sich hier zu Hause fühlen.<

Cheetlon warf sanft ein: >Möge diese Zeit bald kommen. Ich bin sicher, dass es für jemanden, der so unabhängig ist wie du, sehr belastend sein muss, so abhängig von einem Mann deiner Spezies zu sein, zu dem du keine Bindung hast.<

Susannah versuchte, Luft zu holen. Das Verständnis für Cheetlon, obwohl er ein Fremder war, und das unglaubliche Gefühl, ein anderes Wesen in ihrem Kopf zu haben, begannen sie zu überwältigen. Um sich abzulenken, schaute sie auf den (natürlich) bunten Tisch. Verschiedenfarbige Portionen von etwas, das wie Gelatinepudding aussah, Flüssigkeiten und Blätter waren in Mustern auf dem niedrigen Tisch angeordnet. Sie überlegte, wie sie sich bei Cheetlon für ihren netten Gedanken bedanken konnte.

>Das ist nicht nötig<, versicherte ihr Cheetlon.

Susannah schreckte auf. Wann würde sie sich daran erinnern, dass Worte hier nicht nötig waren?

>Die Gewöhnung wird kommen. Das Essen ist für die Menschen unbedenklich, Herr Lehrer", fügte Cheetlon hinzu. >Und es ist notwendig, dass wir jetzt essen.<

Die geistige Atmosphäre änderte sich deutlich. Simtlack senkte seine Tentakel, und die beiden anderen Shill folgten ihm. Susannah blickte zweifelnd zu Chiang, der ihr mit einer Geste zu verstehen gab, dass sie den Kopf senken sollte.

>Wir danken", dachte Simtlack, "wir danken dir, oh Meister, für Nahrung, Leben und Farbe. Danke für die sichere Ankunft von Susannah-Teacher. Halte unsere Schalen stark und unsere Körper weich in deinem Dienst. Wir entblößen uns jetzt, oh Meister, und vertrauen darauf, dass du uns beschützt und bewahrst. Wir bitten dich um deine Gnade.<

Feierlich bewegte sich Simtlack vorwärts und ließ seine Hülle zurück. Susannah versuchte verzweifelt, ihren Brechreiz zu unterdrücken, während die beiden anderen Schnecken aus ihren Häusern krochen. Schöne Schneckenhäuser! Schöne Schneckenhäuser! (Schleimige Würmer! Schleimige Würmer!) Sie krabbelten auf den Tisch und pflanzten sich auf das Essen. Sie machten leise saugende Geräusche, als sie sich bewegten. Susannah schluckte.

Sie schaute sich am Tisch um. Wie sollte sie essen? Vom Tisch schlürfen? Ihre Mutter hatte immer gesagt: "Wenn du im Zweifel bist, was den genauen Gebrauch eines Essbestecks angeht, beobachte deinen Gastgeber." Susannah spürte ein hysterisches Kichern in sich aufsteigen.

"Hier, bitte", sagte Chiang fröhlich und reichte ihr einen Löffel und ein kleines Röhrchen. "Lass uns essen!" Susannah schaute das Röhrchen ausdruckslos an, dann sah sie Chiang an. Er stellte das Röhrchen auf den Tisch und lutschte daran. Dann zwinkerte er ihr zu. "Das nennt man einen Strohhalm."

Vorsichtig setzte sie das Röhrchen auf den Tisch und saugte. "Das ist doch Apfelsaft!"

"Das ist nah genug", stimmte Chiang zu. Er deutete mit seinem Löffel. "Wasser, eine Art Milch, Wein, Ziltlur und andere, die du nicht kennst." Er nahm einen Löffel in die Hand und begann, das Essen vom Tisch zu schaufeln. Die Schnecken krochen langsam auf dem Tisch vorwärts. Waren sie satt, als sie alle in der Mitte angekommen waren?

"Hören sie uns zu?"

"Wahrscheinlich nicht. Sie sind ziemlich zielstrebige Fresser. Sie werden erst wieder sprechen, wenn das Essen vorbei ist."

Langsam löffelte Susannah einen Löffel der rosa Gelatine und versuchte, die Familie nicht zu beobachten. Sie probierte die Gelatine erst vorsichtig, dann mit Genuss. Der Geschmack erinnerte ein wenig an Turkish Delight. Sie schöpfte noch mehr davon.

"Du solltest vor dem Abendessen keinen Nachtisch essen", mahnte Chiang. "Probieren Sie das." Er deutete auf eine wirbelnde Mischung aus grünen Blättern und gelbem Pudding. Vorsichtig tauchte sie ein und versuchte, eines der Blätter auf ihrem Löffel zu behalten. "Nimm es einfach", riet Chiang, nahm ein Blatt mit den Fingern und stopfte es in den Mund.

Sie sah ihn entsetzt an, aber - es sah wirklich gut aus. Sie seufzte und hob eines auf. Sie würde Cheetlon so bald wie möglich das mit den Gabeln erklären müssen. Die Blätter schmeckten nach Minze und der

Pudding war wie eine Fleischsauce. Sie aß alles auf, was in ihrer unmittelbaren Nähe war.

"Lass uns auf dein neues Leben trinken", schlug Chiang vor.

Sie schaute auf den Tisch, wo die Flüssigkeiten von festeren Speisen umgeben waren, und überlegte, was sie wählen sollte. Sie beobachtete Chiang, wie er seinen Strohhalm an den violetten Strudel ansetzte, den er Ziltlur genannt hatte. Unbeholfen machte sie es ihm nach und saugte die seltsame Flüssigkeit auf, die wie süßes Wasser schmeckte, bis sie ihre Kehle erreichte, wo sie anfing, warm zu werden, bis sie ihren Magen erreichte, wo sie zu explodieren schien. "Juhu!"

"Das ist ziltlur!" Er sagte es mit Stolz. "Ich habe es verlangt. Sie -" er deutete auf die Schnecken, die sie für einige Augenblicke zu ignorieren vermochte - "trinken nichts Stärkeres als Apfelsaft. Aber es stört sie nicht, wenn andere sich daran laben." Schwungvoll setzte er die Spitze seines Röhrchens auf eine weitere Lache der hellvioletten Flüssigkeit. "Ah!"

Potent - bedeutete das, dass sie Spirituosen trank? Erschrocken blieb sie abrupt stehen. Ihre Mutter hätte ihr niemals erlaubt, Spirituosen zu trinken! Selbst ihr Vater hatte ihr geraten, sie zu meiden: "Schnaps kann alle Hemmungen verlieren, Schätzchen, und das ist für einen Mann schon gefährlich genug, aber für eine Frau kann es tödlich enden." Sie hatte also etwas doppelt Verbotenes getan. So etwas hatte sie noch nie getan. Langsam trank sie noch etwas mehr.

Die anfängliche Enttäuschung über den Geschmack wurde durch den Nervenkitzel des Ergebnisses mehr als wettgemacht, entschied sie. Und sie fand es weniger beunruhigend, ihre Gastgeber bei ihrer langsamen Runde um den Tisch zu beobachten. Hinter jedem von ihnen blieben Schlieren aus Gelatine und Flüssigkeit zurück. Ihre Tentakel waren auf ihre Mahlzeit gerichtet. In Wirklichkeit waren sie gar nicht so abstoßend. Es waren nur Schnecken. Die kleinen Schnecken der Erde hatten sie noch nie gestört. Warum also sollte sie sich an riesigen Schnecken auf einem Raumschiff stören? Sie gluckste vor sich hin.

"Pass besser auf", sagte Chiang. "Trinken Sie es nicht zu schnell." Aber er grinste immer noch, als er das sagte.

Sein Grinsen erinnerte sie an die Grinsekatze. Würde er am Ende verschwinden und nichts als dieses Grinsen zurücklassen? Sie löffelte etwas von dem rosa Dessert, fand es aber nach der Ziltlur zahm. Sie sehnte sich nach mehr von dem Getränk, beschloss aber, die Warnung ihres Vaters zu beherzigen. Sie hatte ganz sicher nicht die Absicht, sich in der Gesellschaft ihres neuen Arbeitgebers zu betrinken! Die ganze außergewöhnliche Erfahrung - ihr Zuhause zu verlassen und ein Raumschiff zu betreten, von diesen Außerirdischen angestellt zu werden - und mit ihnen zu essen! - war mehr, als sie sich je hätte vorstellen können - eine extravagante Romanze. Sie hatte großes Glück, sagte sie sich, eine solche Gelegenheit zu haben, etwas über eine fremde Kultur zu erfahren und sie vielleicht ein wenig über ihre eigene zu unterrichten. Immerhin war sie eine Engländerin! Es gab vieles, was sie einem Schneckenjungen beibringen konnte - und seinen Eltern zweifellos auch.

"Bist du fertig?" Chiang richtete sich auf und legte seinen Löffel und Strohhalm ab.

Sie sah ihn mit verschwommenen Augen an. Für einen Asiaten war er wirklich ein gut aussehender Mensch. Seine Haut war glatt und hatte eine schöne Mandelfarbe. Sein Haar war dunkel und seidig. Sie hatte noch nie einen Fremden kennengelernt. Ihre Mutter hatte Angst vor jedem, der nicht weiß war - eigentlich vor jedem, der nicht zur englischen Oberschicht gehörte. Aber ihr Vater hatte die Gesellschaft aller möglichen Leute genossen, und er hatte Susannah viele Geschichten erzählt, wenn ihre Mutter nicht in Hörweite war.

"Nun", sagte Chiang und schreckte sie auf. "Bist du bereit zu gehen?"

"Aber - aber was ist mit -" Sie wies auf die Familie.

"Oh, sie werden noch stundenlang essen. Sie essen nicht oft - nur etwa einmal in der Woche, zur Erdzeit. Es ist ein großer Anlass für sie."

"Oh." Sie nahm einen letzten Schluck Ziltlur. Es wäre sehr schade, es zu verschwenden, und Chiang hatte gesagt, die Familie trinke nicht.

"Das reicht, glaube ich", sagte Chiang und erhob sich anmutig auf seine Füße. "Ich möchte Sie nicht zurück in Ihr Zimmer tragen müssen. Irgendetwas sagt mir, dass du zu den Leuten gehörst, die den Alkohol nicht vertragen." Er streckte eine Hand nach ihr aus, und sie griff nach ihm und wollte seinen anmutigen Schwung nach oben nachahmen.

Doch der Absatz ihres aufgeknöpften Schuhs verfing sich in ihrem Rock, und der Schuh rutschte zur Seite, ebenso wie das Kissen und sie selbst, wodurch sie Chiangs ergreifende Hand verfehlte. Sie holte mit den Armen aus, um das Gleichgewicht zu halten, Chiang machte einen wilden Satz nach ihr, und beide platschten in voller Länge auf den Tisch, wobei sie nur knapp verfehlten, auf einer der Familien zu landen. Flüssigkeit und Gelatine flogen überall hin, Spritzer von leuchtendem Glibber spritzten auf die bereits glänzenden Wandteppiche und den Fliesenboden.

Susannah lag fassungslos da, ihr Gesicht in etwas, das wie Schokoladenpudding aussah. Sie kostete es. Es schmeckte nicht wie Schokoladenpudding. Er schmeckte wie Bücklinge, die sie nicht mochte.

"Glühende Sonnen! Susannah, geht es dir gut?"

>Bei allen...

>Ist der Lehrer dehydriert, Mutter?

>Nein, Liebes.<

Susannah fragte sich, wie lange sie noch in der Lage sein würde, mit dem Gesicht sicher im Tisch verborgen zu liegen. Sie drehte den Kopf leicht, in der Hoffnung auf etwas Leckeres. Ziltlur! Fröhlich schlürfte sie.

>Chiang! Kannst du mir das bitte erklären?<

"Tut mir leid, Sir, sie ist gestolpert. Sie hatte wohl ein bisschen zu viel Ziltlur."

>Hm.<

>Was ist gestolpert, Mutter?<

>Und hast du auch zu viel Ziltlur getrunken?

"Nein, Sir! Ich habe versucht, sie zu fangen."

>Nun, wenn du dazu in der Lage bist, könntest du sie vielleicht entfernen. Sie wissen, dass wir das Essen jetzt nicht unterbrechen können. Das Gebet wurde gesprochen, der Gottesdienst hat begonnen.

"Ja, Sir. Fahren Sie fort, und ich bringe sie auf ihr Zimmer.

sofort."

Cheetlons sanfter Gedanke schlug vor: >Ich denke, eine Probezeit wäre vielleicht angebracht, meine Liebe.<

>Ja,< dröhnte Simtlack. >Chiang, du hast eine unverbrauchte Zeit, um sie zu unterrichten.

sie. Solche Zwischenfälle können wir nicht gebrauchen.<

"Ja, Sir. Susannah, kannst du gehen?"

Eine Hand berührte ihren Ellbogen. Sie leckte den letzten Rest der violetten Flüssigkeit auf, dann drehte sie den Kopf. Ein braunes, rotes, blaues und grünes Gesicht starrte auf sie herab. Sie spürte, wie die Hysterie in ihr hochkam.

"Bist du in Ordnung?" Chiang zerrte sie in eine sitzende Position. Sie waren beide von Kopf bis Fuß mit vielfarbigem Schleim bedeckt. Ein Klecks roter Gelatine rutschte von Chiangs Ohr.

Susannah begann zu kichern. "Ist dir bewusst, dass du jetzt selbst sehr viele Farben hast? Das tust du!" Sie war überrascht, dass sie den leichten Tonfall ihres Vaters in ihrer Sprache wiederfand.

Chiang grunzte und zog sie auf die Beine, seine dünnen Finger fest um ihren Arm. Er stützte sie halb, halb zog er sie vom Tisch. Sie warf einen Blick zurück, um zu sehen, dass die Familie sie nicht beachtete und sich wieder langsam bewegte, um den nun gemischten Eintopf auf dem Tisch zu verdauen.

Der Anblick inspirierte sie zu einem weiteren Ausbruch von Heiterkeit. "Warum machen sie sich überhaupt die Mühe mit all den hübschen, hübschen Mustern, wenn sie alles einfach nur schlürfen, schlürfen, schlürfen?"

Chiang zerrte sie aus dem Zimmer, wobei sie bei jedem Schritt von ihrem schleimigen, durchnässten Rock behindert wurde. "Warum tragen die Frauen eurer Kultur so viel Kleidung?"

"Jetzt grinst du nicht mehr", kommentierte sie. "Anstatt dass der Körper das Grinsen zurücklässt, ist das Grinsen übrig geblieben..."

"Wirst du wohl still sein?"

"Du hast mich doch vorher für eine nette, lustige Frau gehalten, oder?", fragte sie mit so viel Würde, wie sie aufbringen konnte, während er sie halb den Flur hinuntertrug. "Als ich noch nicht wusste, was mich erwartete, hielten Sie das für einen guten Scherz. Ich glaube, es ist ganz appro - appropra - ganz richtig, dass du jetzt dein Grinsen verlierst, also tue ich es."

"Ich nehme an, das heißt nein."

"Wusstest du, dass du gelbe Gelatine auf deinem Kopf hast? Gelbes Gel, gelbes Gel, gelbes ..."

Er trat von ihr weg. Sie taumelte und sackte kichernd auf dem Boden zusammen. Er trat um sie herum und packte das Ende ihres Rocks, dann zog er sie mit den Füßen voran den Flur hinunter und hinterließ eine bunte, schleimige Spur. Sie erblickte sie, als sie um die Ecke in ihr Zimmer bogen. *Das muss ich Intlack erzählen*, dachte sie. *Ich kann eine Spur legen.*

Chapter 3

Als Susannah am nächsten Morgen aufwachte, dachte sie, sie befände sich in einem Regenbogen. Sie setzte sich auf, und sofort begann das Bett zu schnurren. Sie sprang davon, ohne recht glauben zu können, dass es sie nicht packen oder auffressen wollte, und war erleichtert, als es stehen blieb, wo es war.

Reumütig blickte sie auf ihr beflecktes und zerknittertes Kleid hinunter. Was sollte sie als Kleidung tun? Was auch immer es war, das konnte sie nicht tragen! Sie fürchtete, dass sie in dieser Kultur ohnehin nicht mehr schwarz tragen konnte. Die Trauer um ihren Vater würde sie vorzeitig abbrechen müssen.

Verzeih mir, Papa, betete sie. *Aber du verstehst, da bin ich mir sicher. Ich habe hier so schon einen geringen Status.* Sie zog ihr Kleid aus, stand in ihrer Unterwäsche da und betrachtete die Vorhänge. Vielleicht konnte sie damit vorläufig etwas anfangen...

"Susannah?"

"Chiang?"

"Darf ich hereinkommen?"

"Du willst mein Schlafgemach betreten?"

"Du willst, dass ich durch die Tür schreie?"

"Aber es gehört sich nicht für..."

"Wir sind nicht in England."

"Nein. Ich ... Warten Sie, bis ich ein - ich habe kein - kein Kleidungsstück gefunden habe." Sie errötete und hob die Bettdecke an.

"Du meinst, du hast keine Kleidung an?" Ein durchsichtiges Gewand wurde ihr durch den Vorhang in der Tür zugeworfen.

Sie betrachtete ihn mit Entsetzen, zog ihn widerwillig über ihre Unterwäsche und ergänzte ihn dann mit einem Teil der Bettwäsche. "Nun ... Sie können eintreten."

Chiang trat ein und musterte sie einen Moment lang. Sie konnte seinen Gesichtsausdruck nicht ergründen. "Wie fühlen Sie sich?" Sein Gewand war heute ein tiefes Violett mit scharlachroten Verzierungen. Seine braunen Augen schienen den prekären Zustand ihres Kleides nur allzu gut zu erkennen.

Sie wickelte das Bettzeug noch ein wenig mehr um sich herum. "Ich fühle mich sehr gut, danke."

"Das ist gut. Ich hatte schon befürchtet, dass ich das Yamlit nicht schnell genug in Ihren Hals bekommen habe."

"Das - wie bitte?"

"Yamlit. Ein Nachtrunkmittel, damit man nicht die Nachwirkungen von zu viel Alkohol spürt."

"Zu viel Schnaps! Eine Dame wird niemals berauscht!"

Er verschränkte die Arme vor der Brust. "Und ich nehme an, es ist normal, dass du auf den Esstisch fällst."

"Ich bin ein bisschen ungeschickt, seit ich dreizehn bin."

"Tollpatschig!", schnaubte er. "Weißt du noch, wie du gestern Abend in dein Zimmer zurückgekommen bist?"

"Nun, in gewisser Weise ..."

"Also", sagte er sarkastisch und sein Mantel zischte, als er sich aufrichtete, "ich nehme an, du bist auch vergesslich, 'sozusagen', seit du dreizehn geworden bist."

"Das mag sein."

"Vielleicht hättest du mich meinen Job kosten können!"

"Ich bin mir nicht bewusst, dass ich irgendeine Verantwortung in Bezug auf Ihren Job habe!"

"Ich bin dafür verantwortlich, dass du weißt, wie die Dinge hier laufen, und das Abendessen ist eine große Sache für sie!"

"Nun, das haben Sie mir nicht erklärt!"

"Genau!"

Susannah blinzelte. "Oh."

Chiang drehte sich um und murmelte: "Ich will nicht leugnen, dass ich dich enttäuscht habe. Jetzt weißt du, warum ich von vornherein nicht wollte, dass du kommst. Ich will die Verantwortung nicht tragen."

"Warum hast du Simtlack nicht einfach erklärt, dass du keine Verantwortung für mich übernehmen willst?"

Er sah sie grübelnd an. "Simtlack akzeptiert keine Absagen von seinen Mitarbeitern."

"Na, dann kündigen Sie doch."

Er stampfte mit dem Fuß auf. "Du verstehst es einfach nicht, oder? Wir sind hier nicht auf der Erde. Das sind Außerirdische. Ich habe einen Vertrag mit Simtlack, um eine bestimmte Rolle zu spielen. Er ist ein fairer Arbeitgeber, und er bezahlt mich sehr, sehr gut. Aber wenn ich versuche, diesen Vertrag zu brechen, überlebe ich vielleicht nicht."

"Oh, du übertreibst sicher. Simtlack scheint mir ein absolut zivilisiertes Wesen zu sein - für einen Außerirdischen. Könntest du ihn nicht vor Gericht bringen oder -- oder etwas in der Art?"

"Oh, Sie --!" Chiang stotterte und drehte sich um, als wolle er gehen, wobei sein Gewand flog. Er drehte sich wieder um und schrie: "Dies ist keine Demokratie! Die Shill sind die Vertreter einer Kaiserin, die diesen ganzen Sektor des Universums regiert! Euer mickriges kleines Reich auf der Erde rühmt sich damit, dass die Sonne in den von der Königin regierten Ländern niemals untergeht - nun, hier werden die Sonnen regiert! Und all die Planeten, die sie begleiten! Simtlack ist der

Territorialgouverneur für diesen Quadranten! Er hat hier unbegrenzte Macht!" Er klatschte frustriert in die Hände. "Stell dir das mal so vor. Du bist eine Inderin in Indien --"

"Bin ich nicht..."

"Bitte legen Sie Ihre provinziellen Vorurteile für einen Moment beiseite. Stellen Sie sich vor, Sie wären eine Einheimische. Sie haben etwas getan, das den Lord Whosit Ihrer Majestät beleidigt hat, der zu Besuch aus London kommt. Was, glauben Sie, wird mit Ihnen geschehen?"

Er starrte sie an, die braunen Augen hart und herausfordernd. Susannah setzte sich auf ihr Bett, das schnurrte. Sie sagte langsam: "Wahrscheinlich würden sie mich ins Gefängnis stecken - und sich dann Gedanken darüber machen, was sie später mit mir machen."

"Jetzt hast du es begriffen. Und du und ich haben Simtlack durch unser Verhalten gestern Abend beleidigt."

Sie wandte den Blick ab und versuchte, das alles zu verarbeiten. "Und was kann ich jetzt tun?"

"Wir werden abwarten müssen, wie er sich entscheidet." Er setzte sich neben sie. "Bereust du es, geblieben zu sein?"

Sie sah ihn nüchtern an. Sie berührte ihr Haar, das von der leicht feuchten Luft kraus war. Sie betrachtete die pastellfarbenen Vorhänge und atmete tief den schwachen Moschusduft des Schiffes ein, und den noch schwächeren Duft, den Chiang benutzte. Sie streichelte das Bett, als wäre es eine Katze, und es grummelte als Antwort. "Wie könnte ich es bedauern, solche Wunder zu erleben?"

Er schüttelte den Kopf. "Du bist wirklich weit mehr, als ich erwartet habe. Ich war mir so sicher, dass ich dich dazu bringen könnte, sofort aufzuhören. Vor allem, als du gemerkt hast, dass du mich als gleichwertig akzeptieren musst."

"Wie meinst du das?" Aber sie konnte ihm nicht in die Augen sehen.

"Sieh nur, wie schwer es für dich war, eine indische Frau zu sein. Konntest du dir überhaupt eingestehen, dass es dir schwerfällt, mit mir umzugehen?" Er schüttelte den Kopf.

"Ich vertraue darauf, dass ich nichts getan habe, was Sie beleidigt hat."

"Hah! Hör dir selbst zu! Ich vertraue darauf, dass ich nach all den Jahren mit dem Shill eine dicke Haut habe, um mit Vorurteilen umzugehen! Ich habe von Intlack schon ziemlich unangenehme Dinge gehört!"

"Das kann ich mir vorstellen, ich...", sie hielt inne, zum Schweigen gebracht von Chiangs erhobener Hand. Hatte er eine Ankündigung gehört, die sie nicht hören konnte?

Unwillkürlich stellte sie sich vor, was ihre Mutter sagen würde, wenn sie bei ihr wäre ("Einen asiatischen Mann in dein Zimmer zu lassen - und auf deinem Bett zu sitzen! Das ist ein völlig inakzeptables Verhalten. Ich war noch nie so schockiert!") *Oh, aber Mutter, ich bin sicher, du musst nur auf noch größere Schocks warten!*

Chiang senkte den Kopf und seufzte. "Nun, das war's."

Sie wartete einen Moment, dann hüpfte sie ungeduldig. "Hör auf, Chiang. Sag es mir jetzt."

Er grinste. "Simtlack hat beschlossen, es Nihilismus zu nennen. Das ist natürlich nicht ihr Wort, das ist eine vage Übersetzung." Als sie ihn ausdruckslos anstarrte, fuhr er fort. "Was es bedeutet, ist, dass der Vorfall nie stattgefunden hat."

"Es? Welches 'es'? Du meinst meine unglückliche Ungeschicklichkeit gestern Abend? Wir tun einfach so, als hätte es den Vorfall nie gegeben?"

"Wir tun so, aber sie nicht. Was sie betrifft, ist es weg, sobald es als Nihilismus deklariert wird, und die Gedächtnisspeicher sind leergefegt. Wenn man zu einer Rasse gehört, die Gedanken so leicht lesen kann wie wir niesen, muss man sich gegen ungewollte 'Versprecher' schützen. Natürlich war Ihre Episode ein wenig mehr als das. Aber offenbar hat Simtlack beschlossen, Ihnen den Vorteil Ihrer Unerfahrenheit zuzugestehen. Es wäre eine viel, viel schlimmere Indiskretion, wenn Sie einen Nihilismus erwähnen würden, als wenn Sie überhaupt auf den Tisch fallen würden. Er stand auf. "Oh, und er hat Ihnen auch eine Probezeit auferlegt. Eine Woche, Ihre Zeit, mehr oder weniger."

"Eine Woche! Aber Chiang, was glaubt Simtlack, was ich Intlack beibringen kann?"

"Ich glaube, er hat auf Manieren gehofft, aber jetzt hat er seine Zweifel, daher die Probezeit. Du hast vielleicht bemerkt, dass Intlack ein wenig unverblümt ist. Das ist nicht gut für einen Diplomatensohn. Intlack sollte eigentlich mit seinen Eltern an Staatsbanketten teilnehmen, aber es gab ein paar unglückliche Zwischenfälle."

"Wurden sie zu Nihilismen erklärt?"

"Nein. Das Problem mit einem Nihilismus für einen Shill ist, dass er nichts daraus lernt." Er tippte sich an den Kopf. "Alles vergessen. Simtlack wollte Intlacks kleine Probleme nicht zu Nihilismen erklären, weil er wollte, dass Intlack die Erfahrung macht."

"Das muss alles sehr schwer für Intlack sein", sagte sie nachdenklich.

"Ich denke schon." Er schüttelte den Kopf. "Ich dachte, wenn du Intlack kennengelernt hast, würdest du sofort umschwenken."

"Chiang - was schlägst du vor, wie ich ihn

unterrichten soll?"

"Ich dachte, du hättest keine Zweifel an deiner Fähigkeit zu unterrichten."

"Ich stelle fest, dass ich heute viel mehr Zweifel an mir selbst habe als gestern."

Chiangs Atem stieß zischend aus. "Nun, den Sternen sei Dank dafür. Vielleicht bist du jetzt ein wenig vorsichtiger." Er zuckte mit den Schultern, offensichtlich nicht voller Hoffnung. "Normalerweise darf ein Shill-Junges ziemlich unbelastet von jeglicher Art von Disziplin aufwachsen, bis es älter ist als Intlack, aber ... ich nehme an, deine erste Aufgabe wird sein, dir Intlacks Respekt zu verdienen. Für den Shill hast du keine Kaste. Du wirst ihn davon überzeugen müssen, dass du etwas zu lehren hast, bevor du etwas erreichen kannst."

"Nun, ich weiß, dass du meine Fähigkeiten für fragwürdig hältst, aber ich freue mich schon auf die Herausforderung."

Er schnaubte. "Wenn ich in der kurzen Zeit, in der ich dich kenne, eines gelernt habe, dann, dass du eine Herausforderung liebst."

Sie lächelte und dachte daran, wie trügerisch seine kleine Gestalt war. Sie hatte blaue Flecken an ihrem Arm von seinem Griff in der Nacht zuvor.

"Vielleicht, weil du zu unwissend bist, um dich vor den Herausforderungen zu fürchten", fügte er hinzu.

Ihr Lächeln verschwand. "Nun, vielen Dank!"

"Nichts zu danken. Mein Zimmer ist die nächste Kabine weiter unten. Auch dort sind Sie willkommen. Zwischen uns ist das Bad, das wir uns teilen. Sie können es gerne benutzen. Bitte laufen Sie nicht herum. Du könntest an anderen Orten sehr unwillkommen sein."

Susannahs Gehirn hatte zwei Sätze vorher aufgehört zu arbeiten. "Ein Bad? Eine Badewanne, meinen Sie? Wie wundersam! Aber ich - ich bin ein wenig beunruhigt über die Privatsphäre hier. Es ist schon beunruhigend genug zu wissen, dass meine Gedanken gehört werden können, aber zu wissen, dass jeder jederzeit in mein Zimmer kommen kann, ist sehr -"

"Ja, ja, ich weiß. Es wäre der größte Skandal, wenn dich jemand unbekleidet sehen würde." Er schnaubte erneut. "Es gibt nicht viel, was ich tun kann, außer zu empfehlen, dass du dich entweder daran gewöhnst oder versuchst, alle an deine Gewohnheiten zu gewöhnen. Ich weiß nicht, was für dich die attraktivere Herausforderung sein wird. Und bevor Sie es sagen", er hob die Hand, "gelobe ich hiermit, immer um Erlaubnis zu bitten, bevor ich Ihre Wohnung betrete. Oder den Baderaum, falls Sie ihn gerade benutzen", fügte er hinzu.

"Vielen Dank. Finden sie es nicht zu laut, wenn es keine richtigen Raumteiler gibt?"

Er tippte sich an den Kopf. "Nicht der Shill. Sie haben keine Ohren, schon vergessen? Sie haben keine Vorstellung von Geräuschen, wie wir sie kennen. Die Regisax sind zu sehr mit sich selbst beschäftigt, um auf andere Geräusche zu achten, und ich schätze, die anderen haben sich daran gewöhnt, so wie ich es getan habe."

"Wie viele andere gibt es? Wie viele Arten?"

"Oh, ich bin mir nicht sicher, vielleicht ein halbes Dutzend. Ich habe nie gezählt. Hast du noch andere Fragen?

"Wann und wie kann ich mehr Kleidung bekommen?"

Er grinste. "Ist das wirklich nötig? Schauen Sie mich nicht so an!" Er hob die Hände in gespieltem Alarm. "Du machst mir Angst! Ich bringe dich nach dem Frühstück zur Näherin. Das wird bestimmt lustig."

Als Susannah sicher war, dass Chiang gegangen war, erhob sie sich und warf das Bettzeug hinter sich, dann benutzte sie ihren einzigartigen Nachttopf. Chiang hatte recht gehabt; sie hatte es ohne Schwierigkeiten herausgefunden. Zufrieden mit sich selbst und viel bequemer, schob sie die Vorhänge beiseite, bis sie ihr Spiegelglas fand. Sie betrachtete sich schockiert. Sie sah aus wie ein Tanzsaalmädchen! Sie hatte noch nie ein Tanzsaalmädchen gesehen, aber ... sie musste sich sofort neue Kleider besorgen! Wenigstens sollte die ganze Farbe ihren Beziehungen zu Intlack helfen. Nachdenklich betrachtete sie die Wände. Ganz so viele Vorhänge waren sicher nicht nötig. Sie zog ein paar von ihnen herunter. Zu ihrer Erleichterung ließen sie sich leicht ziehen und rissen nicht allzu sehr. Sie beschloss, noch einmal von vorne anzufangen. Sie warf die Vorhänge auf das Bett, wickelte ihren fast durchsichtigen Bademantel aus und zog ihre

Unterwäsche aus. Sie fragte sich, ob es möglich sein würde, sie zu waschen.

Ein Rascheln an ihrer "Tür" ertönte. Sie drehte sich um und sah mit Schrecken, dass Snotty - oder jemand, der ihm ähnlich sah - hereinkam und Intlack auf einem großen Silbertablett trug. Sie schnappte sich das durchsichtige Gewand und wickelte es um sich.

>Weiß wie ein Tanvia-Wurm!< Intlacks Gedanke kam ihr deutlich in den Sinn. >Bleah! Nun, du solltest dich in zauberhafte Tücher hüllen, obwohl du keinen Stand/ Familie/ Kaste hast. Warum hast du dich gestern wie eine ausgestoßene Sklavin in düstere Gewänder gehüllt?<

Snotty schnaubte und fletschte seine Zähne, was Susannah für ein Grinsen hielt. Sie klammerte sich an ihre schlüpfrige Decke. "Du unverschämte kleine Schnecke! Was glaubst du, wer du bist, dass du hier hereinplatzt? Und mich dann auch noch zu beleidigen? Verschwinde sofort und komm erst wieder rein, wenn ich es dir erlaube!"

>Wer bin ich? Wer bin ich?< Die Augen von Snotty weiteten sich, als er Intlacks wütenden Gedanken aufschnappte. >Wer bist du, dass du so mit mir sprichst, du Peon aus einer minderwertigen Welt, in der die einzigen Kreaturen, die dem einen Stamm, der hier wohnt, ähneln, hirnlose Miniaturen sind, die dein Volk die Frechheit hat, zu essen, du ---<

"Genug! Genug! Raus hier!" Susannah trat vor, aber sie bewegten sich nicht. Sie sah sich wild um, dann hob sie ihr Bett auf und begann es zu schwingen. Snotty hob das Tablett schützend in die Höhe und verdrehte die Augen, als sie sich näherte. "Raus hier!", schrie sie.

>Nein!< Intlacks Tentakelstängel waren steif. >Du solltest eine Million Jahre lang ohne deine Hülle vor mir herschlittern! Du sollst ---<

Susannah schlug Snotty mit all ihrer Kraft gegen das Bett, und er stolperte rückwärts in den Korridor. Susannah warf das Bett nach ihm. Intlack war immer noch dabei, einen hysterischen Gedankenschrei auszustoßen, als Snotty zu niesen begann. Intlacks Kreischen wurde zu einem Schrei, der Susannah veranlasste, sich den Kopf zu fassen. Sie hörte, wie das Tablett auf den Boden krachte und Intlacks wütende Aufforderung an Snotty, seinen Arm gerade zu halten. Als sie durch den Vorhang spähte, sah sie, wie Intlack sich mit seinem langen Fuß an Snottys Arm festhielt, während der Regisax vergeblich versuchte, nicht zu niesen. Intlack schimpfte mit Snotty, er solle wieder in ihr Zimmer kommen, aber Snotty drehte sich mit leuchtenden Augen um und schlurfte den Gang hinunter, während Intlack sich immer noch an seinem Arm festhielt.

Chapter 4

Susannah zog sich von der Tür zurück, nachdem Intlack gegangen war, griff nach ihrem rutschenden Negligé und atmete schwer. "Was für ein kleiner - Wurm!" Sie dachte an Intlack auf Snotty's Arm und kicherte. *Armer kleiner Wurm, seine große, kindliche Würde ist dahin!* Sie begann zu lachen, wurde dann aber ernüchtert, als sie Schritte auf dem Flur hörte. Sie war nicht überrascht, als Chiang durch die Vorhangtür stürmte.

"Was ... hast ... du ... getan?"

Sie schluckte schwer und bemühte sich, ihre eigene Würde wiederzuerlangen. "Ich - ich habe Intlack seine erste Unterweisung in Benehmen gegeben."

Sein intensiver Blick bohrte sich in den ihren. "Auf welche Weise haben Sie ihn unterrichtet?"

"Nun, ich - er war äußerst unhöflich! Er kam in mein Zimmer, ohne anzuklopfen, und hat mich sofort beleidigt! Was blieb mir anderes übrig, als ihn zu züchtigen?" Sie versuchte, zerknirscht auszusehen. "Es tut mir zutiefst leid, wenn ich Sie erneut beleidigt habe."

Chiang holte tief Luft. "Bitte. Sagen Sie mir genau, was Sie zu ihm gesagt haben."

Sie fummelte an ihrer hauchdünnen Verkleidung herum. "Nun, es war sehr beunruhigend, und ich war vielleicht ein bisschen zu offen."

"Sicherlich nicht. Nicht du! Fahren Sie fort." Er wartete.

"Ich glaube, ich habe ihm gesagt, er solle - ähm - sich entfernen, und ich habe ihm mitgeteilt, dass er in Zukunft um Erlaubnis bitten muss, bevor er mein Zimmer betritt."

"Nun, das bedeutet nicht --" Er verengte seine Augen. "Du erzählst mir nicht alles. Intlack war wütend. Jeder auf dem Schiff konnte ihn hören."

"Oh. Nun. Ich war selbst ziemlich beunruhigt..."

"Ja?"

"Ja, in der Tat, und -", beendete sie hastig, "- ich glaube, ich habe ihn einen Wurm genannt, und dann ist er gegangen." Sie lächelte.

"Du nanntest ihn einen --" Chiang wurde kränklich braun und schaute sich nach einem Platz um, um sich zu setzen. "Wo?", krächzte er. "Wo ist dein Bett?"

"Mein Bett? Oh, ja, ich erinnere mich." Sie schaute auf den Flur hinaus. "Hier ist es!", rief sie fröhlich und schleppte es zurück ins Zimmer. Seine Augen flehten nach einer Erklärung. "Es tut mir sehr leid, dass ich meine Beherrschung verloren habe. Ich habe die unglückliche Neigung, Dinge zu werfen, wenn ich wütend bin."

Sein braunes Gesicht wurde beige. "Buddha beschütze mich. Du hast dein Bett nach Intlack geworfen." Er ließ sich auf das Bett sinken.

"Eigentlich habe ich es nach Snotty geworfen. Also", fügte sie zügig hinzu, "gibt es etwas, das ich jetzt tun sollte, um den Prozess der Entschuldigung zu beschleunigen?"

Sein Mund blieb offen stehen. "Prozess?"

"Nun, natürlich. Wenn ich zum Beispiel eine Bekannte in England beleidigt habe, würde ich sie aufsuchen und meine Karte hinterlassen, vielleicht auch ein paar Blumen, und sie würde mir vielleicht verzeihen oder sich vielleicht weigern, mich zu empfangen, und dann -"

"Susannah. Bitte. Hör auf. Wir sind hier nicht in England. Intlack ist nicht deine Freundin." Er stand auf und seine Stimme erhob sich. "Intlack ist ein Außerirdischer. Mehr noch, er ist der Sohn deines außerirdischen Arbeitgebers. Mehr noch, Ihr Arbeitgeber ist der mächtigste Außerirdische in diesem Quandranten! Ich dachte, wir hätten das besprochen! Sie - Sie - " Er stockte und verschluckte sich, dann hob er ihr Bett auf und warf es quer durch den Raum.

"Ich sehe, du hast die gleiche unglückliche Tendenz wie ich", murmelte sie.

"Du kannst von Glück sagen, dass du überlebst!", brüllte er. "Du wirst sicher nicht bleiben dürfen -"

Sie hörten die schweren Schritte von Snotty im Flur. "Sie sind da", sagte Susannah.

Chiang zischte: "Willst du wissen, wie die Familie Menschen tötet?"

Susannah drehte sich zur Tür, den Kopf hoch erhoben. Snottys Schritte stockten. Dann hörten sie ihn gehen. Dann kam Intlacks Gedankenstimme:

>Sie haben mich gebeten, eine Erlaubnis einzuholen, bevor ich eintrete. Darf ich eintreten?<

Chiangs wütende Augen weiteten sich.

"Es wäre mir eine Ehre, Sie einzulassen", sagte Susannah und hielt ihm den zerrissenen Vorhang zur Seite. "Ich muss Sie um Verzeihung bitten. Ich war vorhin etwas voreilig in meiner Antwort an Sie."

>Wie ich höre, war ich auch Ihnen gegenüber - unhöflich -. Verzeihen Sie mir.<

Die Wucht seines Gedankens bereitete ihr Kopfschmerzen. Soweit sie das beurteilen konnte, starrte er an die Decke. Dann schwenkten seine Tentakel auf den mit offenem Mund dastehenden Chiang zu.

Chiang hustete. "Entschuldige, Intlack-Eldest. Ich - ich war gerade dabei, Susannah-Lehrer zu instruieren. Ich werde mich entfernen."

>Ja. Und mach es von nun an besser.<

"Ja, Ältester." Mit einem flehenden Blick auf sie, eilte Chiang hinaus.

Susannah beschloss, dass sie ihr Bestes tun musste, um Intlacks verletzten Stolz wiederherzustellen. Automatisch lächelte sie ihr süßestes Lächeln, doch dann wurde ihr klar, dass das nichts bringen würde. Wie konnte man ein fremdes Männchen besänftigen? *Nun, entschied sie, alle Männer haben ein Ego.* "Ich war sehr überrascht, so schnell von einem Mann Ihres Formats besucht zu werden. Ihr habt mich unvorbereitet erwischt, und in meiner Nervosität war ich nicht höflich. Das tut mir außerordentlich leid."

>Das solltest du auch sein. Und ich -< Er schien um den Begriff zu ringen. >Ich bedaure es auch.<

"Vielleicht können wir uns gegenseitig etwas über Höflichkeit in unseren Kulturen beibringen."

>Ich glaube nicht, dass Sie mir viel beibringen können. Aber ich werde versuchen, geduldig mit Ihnen zu sein.<

Sie unterdrückte ein Lächeln. "Ich danke Ihnen."

Er schien einen Moment lang zuzuhören, dann sagte er:

>Ich soll Ihnen mitteilen, dass Ihr Essen serviert wird, wenn wir mit der Kommunikation fertig sind.<

"Oh, das ist eine gute Nachricht! Ich bin ausgehungert!"

Seine Tentakel schwenkten nach unten und zeigten direkt auf sie.

>Wir halten es für schlechtes Benehmen, über körperliche Gefühle zu sprechen.

"Oh! Verzeiht mir! Und danke, dass du es mir gesagt hast." Sie folgte ihm auf seinem langsamen Weg zur Tür.

>Der Diener, der euch das Essen bringt, ist nicht in der Lage zu sprechen, zu denken oder zu kommunizieren. Er wird einfach eintreten. Vielleicht können Sie es unterlassen, etwas nach ihm zu werfen.

Sie konnte nicht erkennen, ob er sich darüber lustig machen wollte oder nicht. "Danke, dass Sie mir das gesagt haben", sagte sie wieder.

>Wir werden uns nach dem Essen wieder unterhalten<, sagte er ihr königlich. >Vielleicht werden Sie mir Ihre Idee/ Ihren Gedanken/ Ihr Konzept vom Streicheln/ Besänftigen/ Beschwichtigen eines Egos erklären.<

Susannahs Augen weiteten sich. Wann würde sie sich daran erinnern, dass er ihre Gedanken lesen konnte?

Snotty wartete mit dem Tablett auf Intlack. Snotty bückte sich, und Intlack kroch weiter.

>Du wirst mir mitteilen, was dieses Ego ist?<

Susannah verbeugte sich. "Ja, Intlack-Eldest. Es wäre mir eine Ehre. Danke, dass du mich mit deiner Anwesenheit beehrst."

Sie konnte seine Zufriedenheit und Erleichterung darüber spüren, dass seine Autorität und sein Stolz vor Snotty wiederhergestellt waren. Dann drehte sich

Snotty um und schlurfte davon. Susannah seufzte stürmisch. So viel Aufregung, und das alles vor dem Frühstück.

Sie kehrte zu ihrer früheren Beschäftigung zurück - sich anzuziehen. Sie wusch sich, so gut sie konnte. Sie entschied sich dagegen, ihre Unterwäsche zu waschen, da sie nicht wusste, wie sie diese trocknen sollte. Mit Mühe zog sie die schmutzigen Sachen wieder an, dann wickelte sie einige der Vorhänge um sich und zog schließlich das hauchdünne Gewand an. Als sie sich im Spiegel betrachtete, stellte sie zufrieden fest, dass sie anständig, wenn auch nicht ganz anständig war.

Wie sie erwartet hatte, kam Chiang, kaum dass sie das Gewand angezogen hatte, durch den Vorhang hereingeplatzt.

Sie betrachtete sein Spiegelbild im Spiegel mit Verärgerung. "Ich werde dir auch ein paar Manieren beibringen müssen. Bitte klopfen Sie an, oder - oder so ähnlich - bevor Sie hereinkommen."

"Was ist passiert?"

Sie winkte mit einer Hand und beobachtete sich selbst, um zu sehen, ob die hauchdünne Kleidung dabei Lücken aufwies. "Er hat sich entschuldigt, ich habe mich entschuldigt - wir waren sehr zivilisiert." Sie sah ihn aus den Augenwinkeln an. "So wie es auch mit meiner Freundin in England gewesen wäre. Allerdings ohne Blumen."

"Er hat sich entschuldigt?"

"Ja, er war sehr nett." Sie zog den Bademantel etwas fester zu.

"Er war süß?"

"Ja." Sie bemerkte eine Bewegung hinter ihm an ihrem Türvorhang. "Könnten Sie zur Seite treten? Ich glaube, mein Frühstücksdiener versucht, durchzukommen."

Er trat an die Wand zurück, und sie beobachtete erstaunt, wie ein etwas hundeähnliches Wesen mit einem Tablett auf dem Rücken hereinkam. Chiang klappte einen Tisch und einen Stuhl hinter einem Vorhang hervor und hob dann ein zweites Tablett von dem auf dem Rücken der Kreatur befestigten ab. Er klopfte der Kreatur auf den vollkommen flachen Widerrist, und sie trottete aus dem Raum.

"Wie ein Teetablett im Himmel", zitierte Susannah leise vor sich hin. "Werden die Wunder nie aufhören?"

"Wie bitte?", sagte Chiang. Er winkte mit der Hand, sie solle sich setzen.

"Das ist unwichtig", sagte sie und fühlte sich plötzlich einsam. Würde sie jemals wieder ein anderes Wesen treffen, das mit Lewis Carroll vertraut war? "Wollen Sie sich nicht zu mir setzen?", fragte sie Chiang höflich. Sie war erleichtert, als er ablehnte. Sie fühlte sich nicht bereit für eine weitere Vorlesung. Sie spürte jedoch, dass es ein strategischer Fehler gewesen war, sich zu setzen. Sie konnte sehen, wie er sich aufrichtete und es genoss, zur Abwechslung einmal auf sie herabsehen zu können. Sie wappnete sich für die bevorstehende Predigt.

"Willst du dich nicht entschuldigen?"

"Bei Intlack? Das habe ich."

"Bei mir. *Bei mir!*"

"Wofür denn?

"Du hast gesagt, du würdest vorsichtig sein!"

"Nun, ich war ziemlich umsichtig, glaube ich. Ich habe nicht annähernd so viel zu ihm gesagt, wie ich es wollte." Ihr Magen knurrte. "Hast du etwas dagegen, wenn ich meine Mahlzeit zu mir nehme?"

"Tu, was du willst. Darin bist du am besten. Ich gehe jetzt. Ich habe noch zu tun." Ich komme wieder, wenn es Zeit für dich ist, zur Näherin zu gehen." Er ging.

Susannah genoss ihre Mahlzeit sehr.

Als sie fertig war, stapelte sie ihr Geschirr ordentlich auf dem Teetablett und erkundete ihr Zimmer. Es gab nicht viel, was sie nicht schon gesehen hatte. *Nun, wie soll ich mich jetzt beschäftigen?* fragte sie sich. *Ein wenig Erkundung wird mich doch sicher nicht in Schwierigkeiten bringen ... Chiang wäre entsetzt*, dachte sie, als sie vorsichtig in den Flur spähte. Sie war zweifellos sehr töricht und riskierte wieder einmal das Leben der beiden - oder so etwas Ähnliches. Sie sagte sich, dass sie nur bis zu dem Badebereich gehen würde, von dem er ihr erzählt hatte.

Sie fand es direkt neben ihrem eigenen Zimmer, wie er es versprochen hatte. Sie erkundete das Inventar und versprach sich selbst eine

Ganzkörperuntersuchung, sobald sie saubere, neue Kleidung zum Anziehen hatte. Dann dachte sie sich, dass sie einfach einen Blick in Chiangs Quartier werfen würde, solange sie dort war. Wie bei ihrem eigenen waren die Wände mit Vorhängen verhängt. Sie war enttäuscht. Sie hatte gedacht, dass jemand, der auf dem Schiff lebte, es irgendwie persönlich gestaltet hätte. Sie warf einen Blick hinter ein paar der Vorhänge, fand aber nichts, was sich von ihrem eigenen Zimmer unterschied. Mit einem Gefühl der Schuld und der Enttäuschung wagte sie sich wieder auf den Korridor.

Wenn sie schon so weit gekommen war, konnte es sicher nicht schaden, noch ein paar Schritte weiterzugehen, um zu sehen, was sich hinter der nächsten Kurve befand ... Es war schwer zu erkennen, wo sich die Türen befanden, denn jede Wand war mit hauchdünnen Vorhängen bedeckt. Sie fuhr mit der Hand leicht entlang, um nach Öffnungen zu suchen. Als sie eine fand, war sie so überrascht, dass sie fast in den Raum fiel. Die Öffnung war viel größer als ihre und Chiangs Tür, und es lagen eine Menge Kissen herum.

"Wie bitte? Ist hier jemand?", rief sie vorsichtig.

Als sie kein Geräusch hörte, trat sie ein. Sie hatte den Eindruck, dass es sich um einen Besprechungsraum handelte, denn auf der Seite, wo die Tür war, lagen

Kissen herum, und am gegenüberliegenden Ende befand sich ein Podest. Sie schlich auf Zehenspitzen zum Podest und fuhr mit der Hand an der gegenüberliegenden Wand entlang. Etwas Dunkles und Glänzendes stach ihr ins Auge. War dies endlich ein Kunstwerk der Außerirdischen? Sie zog den Vorhang beiseite, keuchte und versank sofort im Nichts - die Wand war ein einziges großes Fenster, und sie starrte hinaus ins Leere.

Sie sank schwindlig zu Boden und blieb dort liegen, atmete immer schneller und fühlte sich schwach und krank. Die Sterne griffen nach ihr und versuchten, sie zu verschlingen. Es war zu gewaltig. Es gab nur ein Schiff im leeren Raum und fremde Kreaturen, die sich nicht um sie kümmerten, und keine Möglichkeit, in die vertraute, sichere Welt ihrer Geburt zurückzukehren. Die Sterne würden sie mit ihrer kalten, gleichgültigen Unendlichkeit verschlingen...

Mit einem Ruck wurden die Vorhänge über das Fenster gezogen, und ein braunes Gesicht wurde vor ihr Gesicht geschoben. "Wirst du es nie lernen?" Er packte ihre Arme mit wütender Kraft und versuchte, sie auf die Beine zu ziehen, aber sie zitterte, und die Tränen rannen ihr ungehindert über das Gesicht.

Chiang sagte einige Dinge, die sie nicht verstand.

"Warum konntest du nicht ein einziges Mal auf das hören, was ich gesagt habe, du perverser, erbärmlicher..." Er versuchte, sie zu schütteln, aber sie sackte in seine Hände, und er nahm sie stattdessen in die Arme. "Was für ein hirnverbranntes, neugieriges, stures, neugieriges, widerspenstiges, stumpfsinniges -"

"Ja, das reicht", sagte Susannah plötzlich und richtete sich auf. "Ich verstehe, was Sie beabsichtigen. Es war unklug von mir, auf eigene Faust zu forschen." Sie wandte sich von ihm ab und zog ein zerknittertes Taschentuch aus ihrem Busen.

"Unbedacht! Unbedacht! Sie - Sie können es nicht beschreiben! Sie haben so ein Glück, dass Sie hier niemanden außer sich selbst verärgert haben! Hättest du dich für die andere Richtung entschieden, wärst du jetzt Hackfleisch. Die Regisax mögen Menschen zu keiner Zeit, und von dir haben sie sich ganz sicher keine positive Meinung gebildet! Wenn du dich in das Zimmer eines Menschen verirrt hättest - mich schaudert es bei dem Gedanken!" Und das tat er.

Sie kicherte. "Ich glaube, ich habe Sie mehr gestört als mich selbst."

Wütend stand er auf. "Lass uns gehen, es ist Zeit, dass du zur Näherin gehst."

Ihr Lächeln löste sich auf. "Oh, bitte, nein, Chiang, ich kann nicht. Ich kann jetzt niemanden sehen, ich brauche etwas Zeit, um --"

Er packte ihren Arm und diesmal zog er sie tatsächlich auf die Beine. "Kann nicht? Ha! Es gibt nichts, was du nicht tun kannst. Und ich habe kostbare Gefallen damit verbracht, dass dieser alte Wurm dich sofort sehen kann. Du gehst jetzt zu ihr, oder du wirst für die nächsten zwei Wochen dieses

Outfit tragen." Er gestikulierte auf die Robe, die ihre jüngste Krise nicht gut überstanden hatte. Er grinste sie an. "Wenn ich so darüber nachdenke, wäre es vielleicht gar nicht so schlecht, dir dabei zuzusehen, wie du versuchst, das ganze Zeug ein paar Wochen lang anzuziehen..."

Sie löste sich hastig von ihm und zog den Mantel fester um sich. "Ich werde dich begleiten."

Er grinste. "Das dachte ich mir schon." Er führte sie aus dem großen Raum hinaus. "Keine Sorge, sie wird dir gefallen. Eine schöne alte dorische Seidenraupe. Nur sieben Fuß groß - sehr klein für ihre Art."

Chapter 5

Susannah stellte ihre Teetasse mit einem Seufzer der Erleichterung ab.

>Fühlst du dich besser, Liebes?< Die Stimme des alten Seidenwurms grollte in ihrem Kopf.

"Oh, ja, sehr." Susannah sah sich genüsslich um. Es war der erste Raum, den sie auf dem Schiff gesehen hatte, dessen Vorhänge nur eine Farbe hatten - ein sanftes, helles Grün. Susannah fand es herrlich erfrischend.

>Nichts ist besser als eine Tasse Tee, um sich nach einer Aufregung zu entspannen...< Die Dorianerin stellte ihre eigene Teetasse in die Untertasse und stützte ihre winzigen Hände auf ihren segmentierten Körper. >Ich wollte dich nicht sehen, weißt du. Chiang sagte, ich würde dich mögen, aber ich würde diesem Menschen nicht trauen (sorry, Liebes) - ich würde seinem Urteil über ----< nicht trauen.

"Wie bitte?" Susannah lenkte ihre Aufmerksamkeit von dem Versuch ab, herauszufinden, wie das Geschöpf auf ihrem Stuhl sitzen blieb. Sie war sieben Fuß groß (oder lang), wie Chiang gesagt hatte, und ihr Körper war so gebogen, dass er in den glänzenden ovalen Sitz passte. Über ihrem "Schoß" war etwas ausgebreitet, das wie eine Strickdecke aussah, und eine winzige Brille saß auf ihrem - Ende? -unter ihren

Tentakeln. Sie erinnerte Susannah an die Raupe in Alice im Wunderland. "Chiang hat was gesagt?"

>Er sagte, ich würde dich mögen. Also wollte ich dich natürlich nicht sehen.< Susannah lächelte bei dem Gedanken daran, wie summarisch die Näherin Chiang entlassen hatte, nachdem er sie vorgestellt hatte. >Er bestätigt das alte Sprichwort: "Man kann einem Menschen nie trauen." Aber ich denke, Sie sind die Ausnahme von der Regel.<

"Oh, danke, aber ich wusste nicht, dass es noch andere Menschen an Bord gibt."

>Nicht, meine Liebe, aber es gibt ein paar, die sich im Quadranten herumtreiben.< Dorys Gedanken glucksten in ihrem Kopf. >Gerade genug, dass der Rest von uns eine schlechte Meinung von deiner Spezies entwickelt hat.<

"Oh je. " Susannah betrachtete diese Information mit Bestürzung.

>Nicht der Rede wert, meine Liebe. Solange du Intlacks Lehrerin bist, solltest du keinen Grund zur Sorge haben.<

"Aber wie können dich die Leute täuschen, wenn du ihre Gedanken hören kannst?"

>Das können sie nicht, meine Liebe, aber das hält sie nicht davon ab, es zu versuchen. Und natürlich sind einige abgeschirmt, und nicht jeder in diesem Quadranten kann Telepathie praktizieren. Möchtest du noch etwas Tee?<

"Oh, nein, danke. Er ist aber sehr gut. Welche Sorte ist es?"

>Maulbeere.<

"Wie ungewöhnlich", sagte Susannah und fragte sich, was der Wurm sonst noch zu sich nahm.

>Wenn du Fragen zu meiner biologischen Beschaffenheit hast, meine Liebe, warum fragst du nicht?<

"Oh, es tut mir leid! Ich wollte nicht unhöflich sein!"

>Oh, Sterne. Machen Sie sich keine Sorgen. Ich bin schon sehr, sehr lange dabei und habe schon viel unhöflichere Gedanken als das gehört!

"Ich habe mich gefragt, ob Sie in irgendeiner Weise mit der Familie verwandt sind."

>Nun, nicht persönlich. Unsere Spezies hat sich im selben Sonnensystem entwickelt, und wir teilen einige Eigenschaften. Aber wir Dorianer hatten nie den Ehrgeiz der Shill.

"Dorianer?"

>Ihr Menschen nennt uns Seidenraupen, aber das ist nicht korrekt.

"Danke für die Erklärung. Ich fürchte, ein Merkmal unserer Spezies ist unbändige Neugier."

>Das ist eine Sache, die ich an den Menschen mag. Sie erinnern mich an meine Kinder, als sie noch kleine Puppen waren. Nun, Chiang sagte, dass du dringend etwas brauchst.<

Susannah hob die verschiedenen Schleier an, die sie umhüllten. "Alles, was ich habe, ist das, was ich trage, und das, was ich trug, als ich kam." Sie tat ihr Bestes, um ein Bild ihres Trauerkleides zu projizieren.

>Oh je, ich verstehe, was Sie meinen! Nicht gerade dazu angetan, Ihren Status zu verbessern - oder die Blicke der Verliebten hier auf sich zu ziehen.<

Susannah lachte. "Nun, ich glaube nicht, dass ich irgendwelche Blicke auf mich ziehen möchte. Ich glaube, ich muss mich nur anpassen."

>Sterne! Ein hübsches Weibchen wie du sollte über ein wenig Zwirn nachdenken!< Der alte Wurm gluckste vor sich hin, stand auf und legte ihre Decke zur Seite. Sie tätschelte die Decke, als sie sie über die Armlehne des eiförmigen Stuhls legte. >Ist das nicht schön? Ein guter alter Feestor hat sie für mich aufgesammelt ... von einem Menschen, glaube ich. Eine Arbeit, die ich niemals selbst machen könnte." Sie ließ ihre kleinen Hände flattern. >Ich glaube, ich weiß, was ich mit dir machen will. Wir werden es ausprobieren und sehen, was du davon hältst.<

Ihre Stimme schwirrte in Susannahs Kopf herum, als eine seidige Hülle um den unteren Teil von Dorys Körper zu wachsen begann. Sie kräuselte sich blau und silbern, und Susannah staunte über ihre Schönheit und ihr scheinbar magisches Aussehen.

>Das gefällt dir, was? <Der alte Wurm klang selbstgefällig. >Das ist für die Party. Ich bin so

undiszipliniert - ich mache immer die lustigen Sachen zuerst.

"Eine Party?" Susannah sog einen glücklichen Atemzug ein - und ließ ihn dann mit einem traurigen Rauschen wieder aus. "Aber ich würde nicht auf eine Party gehen!"

>Warum nicht?<

"Aber - ich bin nicht eingeladen worden."

>Dummer Mensch! Alle sind eingeladen. Das ganze Schiff geht hin. Das ist eines der schönsten Dinge an der Familie. Sie machen bei Partys keine Unterschiede. Die Diener wechseln sich beim Servieren und Feiern ab. Der Rest von uns feiert einfach! Und dieser alte Wurm liebt Partys. Na also.< Mit Genugtuung zog sie den Stoff sanft von ihrem Körper weg und hielt ihn Susannah vor die Nase. >Ahh! Wieder richtig! Was bin ich doch für ein Wunder!<

"Oh, ja!" Susannah berührte den schimmernden Stoff sanft. "Oh, es ist wunderschön!"

Dorie war bereits dabei, einen anderen Stoff um sich herum zu wickeln. >Ich denke, ich werde es ganz einfach machen, so eine Art Wickel- und Schlaufenstoff. Mit dir und dem Stoff brauchen wir nicht viel mehr. Ich werde meine Assistentin gleich darauf ansetzen. Yorty!< Ihr Brüllen war ohrenbetäubend für Susannah. Ein kleines, grünes Wesen flitzte herbei, als sie ein weiteres Stück Stoff von ihrem Körper zog.

Die Kreatur, vermutlich Yorty, schnatterte und rannte wieder hinaus.

>So etwas Lächerliches habe ich noch nie gehört. Yorty, du kommst zurück. Es ist mir egal, was Snotty gesagt hat, sie wird nicht mit Dingen nach dir werfen. Liebes, hast du wirklich ein Bett nach diesem Regisax geworfen?<

"Ich fürchte, das habe ich."

>Ich wünschte, ich hätte es sehen können.< Yorty kam vorsichtig ins Zimmer zurück. >Ich will das in der Grundpackung haben. Mach das sofort. Das hier -< sie hielt das blau-silberne >- lege ich beiseite, und ich werde dich beaufsichtigen, wenn du es später bearbeitest.< Yorty huschte hinaus. >Darf ich etwas vorschlagen, Liebes?

"Aber sicher!"

>Ich habe gehört, dass du hier auf Probe arbeitest ...<

"Das ist richtig. Bis zum nächsten Familienessen."

>Ich denke, das Beste, was du tun kannst, meine Liebe, ist, den Ältesten weiter zu bezaubern.

"Intlack? Ihn bezaubern?"

>Oh ja, du faszinierst ihn. Wenn du ihn völlig für dich gewinnst, werden deine gesellschaftlichen Fehler keine Rolle mehr spielen. Du wirst bleiben. Sie verweigern ihm nichts, wissen Sie.

"Ich dachte, er wäre ein wenig verwöhnt. Vielen Dank für die Führung, Dorie."

>Nicht der Rede wert. Und was noch? Ich schicke dir auch Unterwäsche. Es ist vielleicht nicht das, was du gewohnt bist, aber du wirst etwas brauchen.

"Oh, ja", sagte Susannah und errötete. "Ich brauche dringend etwas."

>Ich lasse dir dein Alltagskleid und deine Unterwäsche nach deiner nächsten Schlafperiode liefern.<

"Vielen Dank, dass Sie sich die Zeit genommen haben, mich zu besuchen. Es hat mir sehr gefallen, mit Ihnen zu sprechen."

>Es hat mir auch Spaß gemacht, meine Liebe. Besuchen Sie mich bald wieder.<

"Das werde ich! Ich danke Ihnen!"

Chiang war gekommen, um sie abzuholen, aber er hielt kaum inne, als sie durch den Vorhang kam, bevor er den Flur hinunterrannte.

"Du bist immer noch verärgert, dass sie dich hat gehen lassen, nehme ich an?", fragte Susannah.

"Ich bin nicht verärgert. Ich bin beschäftigt. Ich werde Ihnen ein Abendessen bestellen - obwohl Sie gerade erst Tee getrunken haben, nehme ich an, dass Sie wieder hungrig sind?"

"Nun, ja."

"Und dann werde ich gehen. Ich habe sehr viel zu tun. Kann ich darauf vertrauen, dass du diesmal in deinem Zimmer bleibst?"

"Würden Sie mir bitte ein paar Bücher besorgen?", fragte Susannah demütig.

Chiang hielt inne und blickte zu ihr zurück. "Bücher?"

"Ja, ich finde, die Zeit hängt ein wenig schwer an mir, wenn ich allein bin."

"Hmpf." Sie hatten ihr Zimmer erreicht. Er zog den Vorhang für sie beiseite, trat ein und zog einen weiteren Vorhang beiseite. "Das ist ein Multi-D-Bildschirm."

"Wie bitte? Ich dachte, das wäre mein Spiegel."

"Es ist beides." Er berührte die Platte darunter, und sie glitt auf. Susannah war verblüfft, als sie sah, dass ihr Spiegelbild verschwunden war. Chiang holte eine kleine Schachtel aus der Öffnung und reichte sie ihr. "Das schaltet es ein. Das ändert das Programm. Das regelt die Lautstärke. Mach es leiser."

"Was leise halten?"

Chiang drückte auf den "Ein"-Knopf. Susannah sprang zurück, als der Klang den Raum erfüllte und plötzlich seltsame Kreaturen vor ihr auftauchten. "Was sind sie?", kreischte sie.

"Sie sind nicht echt. Sie sind --- Theater. Aber du brauchst nicht dafür zu bezahlen und du kannst es ändern, wenn es dir nicht gefällt." Er drückte sie sanft auf ihr Bett, und sie schloss ihre Finger um die Box und drückte ihren Finger auf den Programmwechsler.

Die Kreaturen verschwanden und ein Regisax hüpfte über den Boden. Susannah kreischte und ließ die Kontrollbox fallen. Die Beute des Regisax erschien: ein gertenschlanker Humanoid mit einem glühenden Schwert.

"Ich habe es für dich auf Englisch programmiert", sagte Chiang, aber Susannah hörte nicht zu.

Das Schwert sprühte Funken, als der Humanoide es schwang, und es berührte die langen grauen Klauen des Regisax. Der Humanoide schien den Kampf zu verlieren ...

Chiang entfernte sich.

Ihr zweites Treffen mit Intlack verlief viel reibungsloser als das erste. Susannah saß ihm auf ihrem Bett gegenüber, während er auf dem Boden lag? saß? Um seinen Unmut darüber zu zerstreuen, dass er "belehrt" wurde, beschloss sie, ihm einfach vom Leben auf der Erde zu erzählen.

Ungeachtet seiner selbst war Intlack von ihren Geschichten fasziniert. Er mochte vor allem alles, was mit trickreichem Gerede und manipulativen Argumenten zu tun hatte. Glücklicherweise hatte sie viele Geschichten über die ausgeklügelten geschäftlichen Pläne ihres Vaters und die ebenso ausgeklügelten sozialen Pläne ihrer Mutter zu

erzählen. Natürlich musste sie, um die

entsprechenden Manöver zu erklären, auch viel über die Kultur erzählen. Zu ihrer Überraschung stellte sie fest, dass es einfacher war, die gesellschaftlichen Verhältnisse ihrer Mutter zu erklären. Der Tanz der englischen Gesellschaft war Intlack nicht so fremd, wie sie erwartet hatte. Susannah glaubte, allmählich zu verstehen, warum Simtlack eine Engländerin als Hauslehrerin für seinen Sohn ausgewählt hatte. Die subtilen Überlegungen eines Diplomaten, dachte sie, während sie Intlack eine weitere Geschichte über ihre Mutter erzählte, waren den Überlegungen einer gesellschaftlich aufstrebenden Matrone nicht unähnlich.

"Da Lady Browning es versäumt hatte, Mutter zu ihren Soireen einzuladen, begann Mutter, die Schwiegertochter von Lady Browning zum Tee einzuladen. Nach ein paar Monaten, als Mutter das Vertrauen der jüngeren Frau gewonnen hatte, verriet sie zahlreiche unhöfliche Bemerkungen, die Lady Browning über die Frau ihres Sohnes gemacht hatte..."

Intlacks Tentakel waren an ihr festgenagelt. >Die Frau des Sohnes - das heißt auch Schwiegertochter?<

"Ja, pardon. Also begann die Schwiegertochter, ihrem Mann diese sehr unhöflichen Äußerungen von Lady Browning mitzuteilen, und im Handumdrehen hatte Lady Browning nicht mehr Einfluss auf ihren Sohn als auf den Stallburschen. Eigentlich sogar noch weniger. Das war verheerend für sie. Und dann erfuhr Lady Browning irgendwie, dass Mutter eine

Busenfreundin ihrer Schwiegertochter geworden war!"

>Ah!<

Susannah lächelte. "Ja, ah! Mutters Rache war in der Tat süß, als Lady Browning sie aufsuchte und sie buchstäblich anflehte, ihr zu helfen, die Beziehung zu ihrer Schwiegertochter wiederherzustellen, und damit natürlich auch zu ihrem Sohn."

>War das, was Ihre Mutter der Schwiegertochter anvertraut hat, wahre Worte?<

"Oh, in der Tat!" Susannah war schockiert. "Mutter hat nie eine Unwahrheit gesagt! Vergiss es! Aber, Intlack, dein Volk lügt doch nicht. Das könnten sie gar nicht! Warum fragst du so etwas?"

Intlack war seinerseits schockiert. >Nein, mein Volk könnte niemals ein unwahres Wort von sich geben. Aber es ist bekannt, dass Menschen das können und tun. Und ... es muss gesagt werden ... wir Shill können ... schweigen/zurückhalten/umsichtig sein .... in unseren Mitteilungen.<

"Ah!", sagte Susannah ihrerseits. "Ich habe mich gefragt, wie Ihr Volk Diplomatie betreiben kann. Es scheint, dass ein gewisses Maß an - Umsicht - für einen Gouverneur erforderlich wäre."

>Ein Schill mit der Geistesstärke eines meiner Elternteile ist in der Lage, so viel oder so wenig mit so vielen oder so wenigen zu kommunizieren, wie er

oder sie will<, erklärte Intlack. Er hielt inne und gab dann zu: >Ich besitze diese Kraft noch nicht.<

"Das wirst du aber zweifellos", sagte Susannah beruhigend.

Intlacks Tentakel drehten sich in einem Modus, den sie langsam als seinen Hörmodus erkannte. >Wie ich höre, ist dein Mittagsmahl vorbereitet.

"Oh, wunderbar!" Sie fing sich, bevor sie ein unhöfliches Wort über den leeren Zustand ihres Magens sagen konnte.

Aber Intlack hat sie natürlich trotzdem verstanden. >Ich verstehe nicht, dass du deinen Körper so oft füttern musst.

"Ich verstehe es auch nicht. Ich weiß nur, dass es notwendig ist. Das heißt, ich verstehe im Allgemeinen die physischen Gründe für meinen Hunger, aber ich verstehe meine Körperfunktionen nicht im Detail."

>Physikalische Gründe?<

"Ja, die Funktionsweise meines Körpers, die mich nach Nahrung verlangen lässt.

sustenance. Hast du keinen Lehrer für

Naturwissenschaften, Intlack?"

>Wissenschaft?<

"Ja - das, was erklärt, warum die Körper so

funktionieren, wie sie es tun, was die Welt zum Kreisen bringt..."

>Die Welt dreht sich um die Einfachheit. Aber wenn du deinen Körper verstehst, warum änderst du dann nicht deinen Stoffwechsel so, dass du weniger isst?<

"Nun, ich verstehe ihn sicher nicht so gut ... Und außerdem esse ich wirklich gerne!"

>So? Nun, wenn Sie sich ändern wollen, ist es ganz einfach.< Er projizierte ein (für sie) verwirrendes Durcheinander von Bildern und Anweisungen, darunter einige, die sie fast ihr Frühstück verlieren ließen.

"Bitte, Intlack! Deine Ideen sind zu fortschrittlich für mich!"

>Ja! So! Du gibst es zu! Du bist noch dümmer als ich!<

"Meine Güte! Ich gebe nichts dergleichen zu! In manchen Dingen weiß ich mehr als du, und in manchen Dingen bist du gelehrter als ich!"

>Aber mein Vater weiß in allen Dingen mehr als ich.

"Aber dein Vater hat nicht die Zeit, dich zu unterrichten! Und natürlich würdest du nie vermuten, dass ich so viel wissen könnte wie dein Vater!" Sie lächelte süßlich.

>Nein! Natürlich nicht!< Seine Tentakel schwenkten herum. >Du hast mir viel zu denken gegeben.<

Sie tat ihr Bestes, um den Gedanken zu unterdrücken, dass er verwirrt war, aber sie wollte es nicht zugeben.

>Ich denke, du musst von deinem Vater und deiner Mutter etwas Diplomatie gelernt haben. Besonders von deiner Mutter. Und doch habe ich das Gefühl, dass es Ihr Vater ist, den Sie am meisten vermissen/betrauern/bedauern. Ist diese

Wahrnehmung richtig?<

Sie war überrascht und berührt von seinem Versuch, sie zu verstehen. "Nun, ja! Ich - vielleicht kann ich eines Tages versuchen zu vermitteln, warum das so ist."

>Ja. Und auch mit mir über das Streicheln des Egos zu sprechen.<

Sie lachte. "Oh, ja. Darüber haben wir doch noch gar nicht gesprochen, oder?" Sie lächelte ihn an und stellte überrascht fest, dass sie der Anblick seines glänzenden, grauen Körpers unter der funkelnden Schale nicht mehr abstieß.

>Und ich bin auch nicht mehr angewidert von deinem trockenen Weiß - oder zumindest nicht so sehr. Was bedeutet es, wenn du deinen Mund dehnst?<

"Was hörst du, wenn ich es tue?"

>Ich höre nichts. Ich fühle --- Vergnügen. Wie wenn man eine Mahlzeit beginnt.<

"Das ist es, was ich fühle. Wie zeigst du Freude?"

>Nach außen hin?

"Ja."

>Wir hinterlassen eine Spur.< Er demonstrierte es, indem er sich ein paar Meter bewegte und eine schleimige und glänzende Substanz hinter sich ließ. Die Tentakel schwenkten zu ihr hinauf. >Du bist schon wieder angewidert.<

Susannah wandte den Blick ab. "Ja. Es tut mir leid."

>Warum tut es dir leid?<

"Weil ..." Sie versuchte, nicht auf den Boden zu schauen. "Weil es für Sie ein natürlicher Vorgang ist, und ich sollte nicht über andere urteilen, nur weil es mir natürlich erscheint."

>Aber wie sollten Sie sonst urteilen?<

Sie starrte ihn einen Moment lang ausdruckslos an. "Das - das ist wahr. Aber ... Dennoch kann ich lernen, meine Urteile zu überwinden und zu ändern, mit dem Ziel, toleranter zu werden."

>'Tolerant.' Das heißt ... akzeptieren/ zulassen/ ertragen?<

"Ja. Aber vor allem akzeptierend. Ich hoffe, dass ich aufgeschlossener werde."

>Doch ich habe das Gefühl, dass Sie sich mir gegenüber verschließen wollen?<

Susannah lächelte wieder. "Das habe ich. Es muss sehr verwirrend sein. Ich werde versuchen, es zu erklären. Ich möchte das, was Sie verletzen könnte, von Ihnen fernhalten und mich so weit öffnen, dass ich mich in Sie einfühlen kann, damit ich verstehen kann, was Sie verletzt und warum. Hört sich das für Sie vernünftig an?

>Nein. Warum sollte ich mir Sorgen um meine Gefühle machen?<

Susannah blinzelte. "Nun ... es ist ... höflich ... sich um die Gefühle anderer zu kümmern." Sie spürte die Leere von Intlack. "Es ist auch diplomatisch", fügte sie hinzu.

>Ah. Das kann ich nachvollziehen.<

"Außerdem fange ich an, dich zu mögen!"

>Das überrascht dich.< Intlacks Tentakel schwenkten herum. >Das überrascht mich auch.< Er bewegte sich zur Tür. >Ich muss darüber nachdenken. Wir sind für diesen Tag fertig.<

Sie stand auf und verbeugte sich. "Ich danke dir, Intlack. Ich hatte einen sehr lehrreichen Morgen."

Die Tentakel zeigten fest auf sie, und nach einem langen Moment hörte sie: >Ich auch.< Dann schob er sich langsam zur Tür hinaus.

Sie hörte, wie das Silbertablett heruntergelassen wurde, dann die schweren Schritte der Regisax, die den Flur hintergingen.

Als sie sich umdrehte, bemerkte sie ihren Fußboden. "Blech!" Sie eilte zu dem Vorhang, der ihr seltsames kleines Waschbecken verbarg, und sah sich nach etwas um, das sie als Lappen benutzen konnte. Sie konnte nichts Passendes finden. Verzweifelt riss sie einen anderen Vorhang von der Wand und schrubbte damit, während sie versuchte, nicht daran zu denken. Bald würde sie keine Vorhänge mehr haben, dachte sie. Und sie war nicht einmal in der Lage, das Zeug vom Boden zu holen.

Chapter 6

Susannah freute sich kurz nach Intlacks Besuch, dass das Teetablett-Geschöpf hereinkam. Dass sie sich mit dieser jungen Schnecke unterhalten konnte, hatte ihr sicherlich Appetit gemacht. Sie nahm ihm das Tablett vom Rücken und stellte es auf den Boden, dann streichelte sie es etwas ängstlich, wie sie es bei Chiang gesehen hatte. Seine Haut fühlte sich glatt und weich an. Sofort drehte es sich um und verließ den Raum.

Sie schüttelte den Kopf und sah sich um, um sich zu erinnern, hinter welchem Vorhang der Tisch versteckt war. Sie fragte sich, ob es ein furchtbarer Verstoß gegen das Protokoll wäre, wenn sie alle Vorhänge beiseite schieben würde, bis sie herausgefunden hatte, wo die Dinge waren.

Sie hörte eine gedämpfte Stimme an der Tür: "Darf ich eintreten?"

"Ja, natürlich. Du hast also auch ein paar Manieren gelernt!"

Chiang trat mit flatterndem Gewand ein. Er schaute stirnrunzelnd auf den Boden. "Was ist das?"

"Was ist was?" Sie blickte von ihren Torten auf (sie sahen aus wie Feenkuchen - wie wunderbar!). "Oh, ich verstehe. Vielleicht können Sie mir sagen, wie das entfernt werden kann." Sie nahm einen weiteren Bissen von - was auch immer es war. "Das ist Schneckenschleim."

Er schwieg so lange, dass sie schließlich von ihrem Essen aufblickte, um zu sehen, was diesmal los war. Er starrte immer noch auf den Boden.

"Er ..." Seine Stimme kam als Quietschen heraus. "Er hat geschleimt? Aber das - das bedeutet, dass er von dir begeistert war!"

"Es war eine Demonstration." Sie nahm einen Schluck von ihrem Tee.

"Eine was?"

"Das ist nicht von Bedeutung. Möchten Sie sich zu mir setzen? Ich fühle mich sehr unhöflich, hier vor Ihnen zu essen, aber ich bin sehr hungrig."

"Wann sind Sie das nicht? Ich rufe einen

Schlankmacher für dich."

"Einen was?"

"Nun, wenn die Familie eine Party feiert, gibt es allerlei von diesem Zeug. Es gibt also eine Kreatur an Bord, deren einzige Aufgabe es ist, den Schleim aufzuräumen."

Susannah lehnte sich vom Tisch zurück. "So ähnlich wie das Teetablett?"

"Dem was? Oh, dein Diener. Ja, ähnlich wie die Servitoren." Er sprach in seine Box. "Ich habe den Slimer herbeigerufen."

Wenn ich jemals unabhängig sein will, muss ich sehr bald lernen, das zu tun, dachte Susannah. "Bilden die Shill einfach Kreaturen aus, die alles tun, was sie brauchen?"

"Sie brauchen sie nicht zu trainieren, sie haben sie so gezüchtet, dass sie diese Dinge von Natur aus tun. Diese Kreaturen leben, um das zu tun, was sie tun." Er fand einen weiteren Stuhl hinter einem Vorhang und setzte sich. Er griff nach dem Getränkekrug, aber sie griff zuerst danach. Er lachte. "Ich vergaß. Die Frau bedient doch, oder?"

Sie hielt inne. "Das ist der Brauch, wo ich

aufgewachsen bin. Ist das hier falsch?"

"An den meisten Orten ist es nicht üblich. Es ist auch auf diesem Schiff nicht üblich. Aber es ist ein großes Universum, und

Sie können fast jeden Brauch finden, den Sie sich vorstellen können - und einige, die Sie sicher nicht kennen -, wenn Sie lange genug reisen." Er winkte ihr, mit dem Einschenken fortzufahren, und hob dann seinen Drink auf. Bei einem leichten Zischen drehte er den Kopf. "Hier ist Ihr Slimer."

"Klopft hier denn niemand an?" Dann sah sie, dass der Slimer, genau wie das Teetablett, nicht anklopfen konnte. Der Slimer war nur ein längliches, schwammiges Wesen ohne erkennbare

Sinneseindrücke. Es schob sich lautlos über den Schleim auf dem Boden und verschwand dann, wobei es einen sauberen Boden zurückließ. Susannah war an der Reihe, vor Schreck zu schweigen. Chiang lächelte. "Sie - sie züchten sie?"

"Ja, im Prinzip."

"Das scheint ziemlich barbarisch zu sein - eine Kreatur zu schaffen, die nur dazu dient, den eigenen Bedürfnissen zu dienen."

"Wie nennt ihr denn Kühe? Der Shill würde es für barbarisch halten, etwas zu züchten, nur um es zu essen."

"Ich nehme an, das ist so." Sie schob ihren Teller beiseite und seufzte erleichtert. "Eine zivilisierte Mahlzeit ist ein großer Trost."

"Du bist erstaunlich." Er schüttelte den Kopf, während er seine Tasse abstellte. Er stützte sich mit den Ellbogen auf dem Tisch ab, wie es ihre Mutter getadelt hätte.

"Wie das?" Sie stapelte die Dinge ordentlich auf dem Tablett und tröstete sich mit dem vertrauten Akt des Abwaschens.

"Du bist so anpassungsfähig. Du sitzt hier und servierst mir Erfrischungen, als ob du in deinem eigenen Haus wärst." Er trank seinen Drink aus und beugte sich zu ihr hinüber, mit diesen durchdringenden braunen Augen, die ihn nicht aus den Augen ließen.

"Oh, aber Sie müssen verstehen, dass ich nur dank meiner kleinen Gewohnheiten in der Lage bin, das

Fremde zu ertragen, das mir widerfahren ist. Wir Engländer sind geübt darin, unsere Gesellschaft unter allen Umständen neu zu gestalten." Susannah räumte das Geschirr ab. "Chiang, wie heißt dieses Schiff?"

"Das ist die Sheetlah." Er stand auf. "Und ich habe noch zu tun. Danke für den Tee."

Die nächsten Tage waren für Susannah sehr anstrengend, aber allmählich fand sie in eine Routine hinein. Sie verbrachte den Vormittag und den Nachmittag mit Intlack und tat am Abend, was sie wollte, innerhalb der Grenzen, die Chiang ihr setzte. Normalerweise bedeutete das, die Multi-D-Programme zu sehen. Eigentlich wollte sie die Bildungsprogramme sehen, von denen Chiang sagte, dass sie verfügbar seien, aber jeden Abend wurde sie in die fortgesetzten Abenteuer des weidenartigen Humanoiden namens Prull und seines teilweise empfindungsfähigen Vorpal, Pring, hineingezogen.

Ihre Beziehung zu Intlack entwickelte sich rasch, wie sie fand. Er zeigte ihr nur noch selten die Feindseligkeit, die er anfangs an den Tag gelegt hatte, und obwohl er weiterhin hin und wieder an seinem Stolz stieß, hatte Susannah keine Schwierigkeiten, ihn zu umgehen.

Die Party rückte rasch näher, und selbst in ihrer Abgeschiedenheit konnte Susannah die Aufregung auf dem Schiff spüren. Sie war selbst kaum in der Lage, sie zu zügeln. Es schien Jahre her zu sein, dass sie auf einer Party gewesen war, und natürlich war sie noch nie auf einer wie dieser gewesen. Chiang hatte sein

Versprechen, sie den anderen Mitgliedern der Schiffsgesellschaft vorzustellen, bisher nicht gehalten, und so freute sie sich darauf, sie kennenzulernen. Und das von Yorty gelieferte Partykleid ließ sie jeden Abend in ihrem Zimmer herumtanzen, während sie es in verschiedenen Varianten anprobierte. Selbst das Alltagskleid erschien ihr feiner und schöner als alles, was sie auf der Erde besessen hatte.

Alles in allem schien das Leben wunderbar zu sein, und obwohl sie sich manchmal einsam fühlte, weil sie eine andere menschliche Frau war, war es eine Einsamkeit, an die sie sich gewöhnt hatte. Selbst auf der Erde hatte sie nie eine enge Freundin gehabt. Der unsichere Ruf ihres Vaters und der Snobismus ihrer Mutter hatten sie davon abgehalten, sich mit den hohen oder niedrigen Kreisen ihrer Gesellschaft zu umgeben.

Bei einem ihrer Gespräche versuchte sie, Intlack ihre Sehnsucht zu erklären, aber er konnte sie nicht verstehen.

>Ich verstehe, was du fühlst. Warum sollte das jemand anders wissen müssen?<

Susannah versuchte, nicht zu lachen. "Intlack, du bist nicht nur ein Außerirdischer, du bist ein männlicher Außerirdischer. Du kannst vielleicht hören, was ich fühle, aber du kannst es unmöglich verstehen."

>Das ist wahr. Gerade eben haben Sie zum Beispiel etwas über mich gedacht - "egozentrisch" war das,

glaube ich. Natürlich bin ich egozentrisch. Wie sollte ich sonst sein?<

"Man kann sich seiner selbst bewusst sein, ohne sich als Mittelpunkt von allem zu sehen." Sie waren in dem Raum mit dem Bildschirm. Die Vorhänge waren auf Susannahs Wunsch hin zugezogen, aber ab und zu schaute sie hinaus, um sich an den unendlichen Anblick zu gewöhnen. Intlacks Tentakel webten nachdenklich.

>Ich sehe nur von meinem Standpunkt aus, aber es gibt noch andere Standpunkte, die man sehen kann?<

"Ja! Und mein Blickwinkel ist sehr, sehr verschieden von deinem. Aber ist sie deshalb falsch?"

>Manchmal.<

Diesmal lachte sie tatsächlich. "Intlack, du bist unverbesserlich."

Intlack hob den Kopf. >Das ist ... nicht zu ändern? Warum versuchst du dann, mich zu belehren?<

Sie wurde nüchtern. "Es tut mir leid. Ich hätte das nicht sagen sollen. Es war eine Art Scherz. Ein schlechter Scherz."

>Witz?<

"Haben Sie Witze?"

>Ich glaube nicht. Das ist es, was Sie dazu bringt, den Mund zu verziehen?<

"Lächeln. Ja. Manchmal. Manchmal lächle ich einfach, weil ich glücklich bin. Witze sind eine Möglichkeit, mit jemandem glücklich zu sein. Manchmal können Witze einen glücklich machen, wenn man traurig ist."

>Hast du noch einen anderen Witz?<

"Alle meine Witze stammen aus meiner Kultur. Sie würden für dich keinen Sinn ergeben."

Intlack bewegte sich, und die Lichter schlugen farbige Funken aus den Edelsteinen in seiner Schale. Susannah bewunderte die schönen und verschlungenen Muster, die die Edelsteine bildeten. >Das ist ein Teil dessen, was dich einsam macht. Du hast niemanden, mit dem du deine Witze teilen kannst.<

"Ja! Intlack! Du durchschaust meine Sichtweise!"

>Das ist schwierig.

"Ich weiß. Ich finde es schwierig, durch deinen zu sehen. Genauso wie ich es schwierig finde, durch den Bildschirm hier zu sehen. Es ist so ganz anders als das, was ich gewohnt bin."

>Unterschiedlich bedeutet nicht besser - oder schlechter?<

"Nein. Nur - nicht dasselbe. Manchmal ist es besser oder schlechter, manchmal ist es einfach - anders."

>Das hat etwas mit Toleranz zu tun.<

"Ja! Die Standpunkte zu sehen und sie zu akzeptieren."

>Das braucht Zeit.<

"Oh, ja. Ich glaube nicht, dass es jemals wirklich aufhört. Deshalb müssen wir beide nachdenken, bevor wir kommunizieren."

>Du auch?<

"Erinnerst du dich nicht? Sie sagten beim ersten Abendessen, ich sei unhöflich."

>Stimmt ... Wenn ich höre, dass Sie unhöflich sind, kann ich Sie vielleicht daran erinnern, dass Sie nachdenken sollten!< Er richtete sich auf, zufrieden mit sich selbst.

"Das ist eine gute Idee, Intlack. Und wenn ich glaube, dass du im Begriff bist, unklug zu sein, könnte ich dir ein Signal geben - ein geheimes Signal."

>Was ist das - geheim?<

"Nun, etwas, wovon andere nichts wissen." Sie lächelte. "Als ich jung war, zwinkerte mir mein Vater immer zu, wenn er wollte, dass ich ihn irgendwo treffe." Sie nahm seine Frage vorweg. "Siehst du mein Auge?" Sie demonstrierte es ihm. "Dann erwähnte er im Gespräch einen Ort, und wenn wir frei von anderen Leuten waren, trafen wir uns dort! Das war unser Geheimnis."

>Wir konnten kein geheimes Signal haben. Alles, was du denkst, würden meine Eltern wissen.<

"Nun, das stimmt. Aber wir könnten ein Geheimnis vor Chiang und den anderen auf dem Schiff haben. Und vielleicht lerne ich eines Tages, meine Gedanken so zu kontrollieren, dass ich sie vor deinen Eltern verbergen kann."

Intlack machte einen ungläubigen Eindruck. >So viel Kontrolle wirst du nie haben. Aber es wäre doch schön, ein Geheimnis vor den anderen zu haben. Was könnte unser Signal sein? Ich kann nicht zwinkern.<

"Wie wäre es, wenn wir den Kopf schütteln? Etwa so?"

>Natürlich! Immer, wenn ich den Kopf schüttle, musst du dich beherrschen!

"Und du auch!" Susannah lachte.

>Das ist ein guter Plan.< Intlack übte sich im Kopfschütteln. >Wir können es heute Abend bei der Versammlung/dem Essen/dem Gottesdienst ausprobieren.<

"Heute Abend? Das Essen ist heute Abend?"

>Ja.<

"Dann ist meine Probezeit um!" Susannah stand konsterniert da. Sie hatte erwartet, mehr Gelegenheiten zu haben, Intlack zu bezaubern.

>Was ist das für ein 'Charme'?<

Oh je. "Nun, ich mm, ich habe versucht, freundlich zu dir zu sein, Intlack. Meinen Charme einzusetzen heißt, freundlich zu sein." Sie lächelte.

>Das Echo deiner Gedanken sagt mir, dass ich bezaubern/ entwaffnen/ fesseln kann.< Intlacks Tentakel waren direkt auf die Decke gerichtet.

>Benutzen/ Anwenden/ Manipulieren - Charme. Dieses Wort steht für Diplomatie, so wie du es mir erklärt hast. Ich denke, freundlich zu sein und Freunde zu sein, ist nicht dasselbe.< Er bewegte sich vorwärts. >Willst du, dass ich dein Freund bin? Oder wollen Sie, dass ich bezaubert werde? Das wäre für Ihre Aufgabe hier hilfreich - wenn ich bezaubert wäre. Warst du freundlich, weil du ein Gefühl der Freundschaft für mich hattest, oder ist das nur Diplomatie, wie sie deine Mutter benutzte?<

"Oh, nein, Intlack! Ich wünsche wirklich, Freunde zu sein - das heißt, ich fühle mich freundlich zu dir..."

>Ich dachte, Unwahrheiten können nicht mit Gedanken gesagt werden. Aber vielleicht ist deine Spezies dazu in der Lage. Ich muss darüber nachdenken.< Intlack ging zur Tür hinaus.

"Intlack! Intlack!" Sie konnte Snotty den Korridor hinunterpoltern hören. Susannah stöhnte frustriert auf. Sie zog die Vorhänge zu und ging zurück in ihr Zimmer.

Als Chiang hereinkam, schrie Susannah: "Warum hast du mir nicht gesagt, dass meine Zeit heute um ist!"

"Warum? Was hast du getan?"

"Ich habe gar nichts getan! Warum musst du annehmen, dass ich etwas getan habe?"

"Erfahrung."

"Nun, ich hätte einfach gerne gewusst, dass heute meine letzte Chance bei Intlack ist, bevor ..."

"Hast du ihn irgendwie verärgert?"

"Nein! Na ja, vielleicht ein bisschen. Wir haben nur über Charme gesprochen, und ich glaube, er hat meine Bemerkungen vielleicht falsch interpretiert. Es ist schwierig, die Mimik einer Schnecke zu deuten."

"Was du nicht sagst. Aber er kann deine Gedanken lesen."

"Das ist das Problem. Meine Gedanken sind nicht immer in bester Ordnung."

"Was du nicht sagst." Er legte sich auf ihr Bett und verschränkte die Hände hinter dem Kopf.

"Ist das alles, was du sagen kannst?"

"Ich könnte sagen, dass Ihre Gedanken wahrscheinlich genau das ausdrücken, was Sie fühlen, aber das würde Ihnen nicht gefallen."

"Sie meinen - Sie wollen damit andeuten, dass ich versucht habe, ihn zu bezirzen ..." Susannah setzte sich an ihren Tisch.

"Ist es das, was ihn verärgert hat? Hast du das nicht? Du willst doch auf der Sheetlah bleiben, nicht wahr?"

"Ja, aber ..."

"Und du hast vom zweiten Tag an gewusst, dass du vor Gericht stehst."

"Ja, aber - oh, ich war nicht so gnädig dabei!"

"Warum nicht?" Chiang streckte sich und seufzte. "Susannah, du bist diejenige, die Intlack in dieser Sache verwirrt hat. Als du ankamst, hätte er nichts anderes von dir erwartet, als dass du versuchst, deine Arbeit gut genug zu machen, um seinem Vater zu gefallen - egal, was du tun musstest, um dieses Ziel zu erreichen. Aus der Sicht des Shill ist es natürlich, dass Sie jedes Mittel einsetzen, um dieses Ziel zu erreichen. Die Shill erwarten von einer barbarischen Spezies wie uns keine ethischen Überlegungen. Ihr seid es, die Intlack gelehrt haben, dass ihr eine andere Sichtweise habt. Er weiß, dass es in eurer Kultur, zumindest so wie ihr sie ihm erklärt habt, so etwas wie Freundschaft um ihrer selbst willen gibt. Ihr scheint in ihm das Verlangen nach etwas geweckt zu haben, das er nie hatte. Einem Freund. Hier ist Ihr Tee."

"Ach, du liebe Zeit." Susannah beobachtete, wie die Kreatur auf dem Teetablett lautlos hereinkam. "Chiang, haben die Shill Haustiere?"

"Nein. Ich glaube nicht, dass sie das Konzept verstehen würden. Alle ihre Geschöpfe haben bestimmte Aufgaben. Die Shill entwickelten sich, indem sie mit den bestehenden Spezies auf ihren Planeten zusammenarbeiteten und die benötigten Arbeiter gentechnisch herstellten." Er streckte sich und setzte sich auf.

"Schade. Intlack würde es gut tun, ein Haustier zu haben, um das er sich kümmern kann."

"Ja, ich kann mir schon vorstellen, wie ein Hund hinter Snotty her trabt und ihm hinterher kläfft."

Sie schnitt ihm eine Grimasse. "Nicht ein Hund! Etwas in einem Käfig - wie ein Kaninchen. Willst du Tee?" Sie begann, ihn auszuschenken.

"Ja, ich denke, das würde ich." Er stand auf, streckte sich erneut und ging die zwei Schritte zum Tisch. "Warum steckst du das Ding nie weg? Schon gut - ich weiß es. Weil du nie aufhörst zu essen."

"Ja, und da fällt mir ein. Ich brauche Bewegung."

Er lachte. "Ich sehe den Zusammenhang. Nun, ich werde dir kein Tai Chi beibringen. Sprich mit Dorie, ich bin sicher, ihr fällt etwas ein." Er trank seinen Tee aus. "Die Shill brauchen keine Bewegung. Der Rest von uns muss seinen eigenen Weg finden. Simtlack ist in der Regel hilfreich, wenn man eine konkrete Bitte hat."

"Du bewunderst ihn, nicht wahr? Simtlack. Und du bewunderst den Shill?"

"Warum nicht? Sie sind intelligenter und fortschrittlicher als jede Spezies auf der Erde oder jede andere Kultur, von der ich gehört habe. Und sie haben es ohne Krieg geschafft. Ohne Krieg."

Sie nippte an ihrem Tee. "Wie kann man sagen, dass eine Spezies fortschrittlicher ist, wenn sie so sehr auf Söldner aus ist? Sie benutzen andere Spezies, aber sie helfen ihnen nicht, mehr zu werden als sie sind. Sie nicht aufklären."

Er stieß ein bellendes Lachen aus. "Söldner. Du magst dieses Wort nicht. Du denkst, sie sollten den Rest des

Universums aufklären. Wie das britische Imperium, kein Zweifel. Sie helfen den unwissenden Massen, die materiellen Vorteile des Empire zu erkennen, während sie sich gierig an den Ressourcen bedienen, auf denen diese Massen sitzen. Engstirnig, aufgeblasen und gierig. Das sind die Briten, die ich gesehen habe. Ich warne dich, Susannah. Versuche nicht, Kreaturen aufzuklären, die du nicht verstehst. Bleib lieber ein Söldner."

"Mach dir keine Sorgen", schnauzte sie. "Ich erwarte nicht, dass ich die Gelegenheit bekomme, etwas mit diesen Kreaturen zu tun. Du kannst dich entspannen. Ich werde nicht mehr lange anwesend sein, um Sie zu gefährden!"

Chiang stand abrupt auf und verschüttete seinen Tee. "Du bist die egoistischste Kreatur, die mir je begegnet ist!" Er stapfte hinaus.

"Verdammter Narr", murmelte Susannah. "Mich als egozentrisch zu bezeichnen!" Sie räumte ihr Geschirr ab, räumte den Tisch weg, richtete ihre Kleidung, richtete ihr Haar, sah sich verzweifelt nach etwas anderem um, das sie tun konnte. Doch nichts. Sie schaltete den Multi-D ein, aber Prull interessierte sie ausnahmsweise nicht.

Chapter 7

Dorie schickte nach Susannah, weil ihr neues Kleid fertig war. Susannah betrachtete es mit einem entzückten Blick, aber dann jammerte sie: "Oh, Dorie! Ich glaube nicht, dass dieses schöne Kleid helfen wird. Sie werden mich nicht behalten! Ich habe Intlack in keinster Weise bezaubert! Warum hast du mir nicht gesagt, dass das nächste Essen so bald stattfindet? Ich habe Intlack verärgert, weil ich darüber nachgedacht habe, was du gesagt hast. Ich kann meine Gedanken einfach nicht kontrollieren!"

>Oh, was bin ich doch für ein gebratener alter Wurm! Ich muss dir gleich ein paar Dinge beibringen! Du kannst doch nicht ungeschützt zu diesem Essen gehen! Entspann deinen Geist. Hier, trink etwas Tee. Denke nur ans Teetrinken. Du vertraust mir, nicht wahr?<

"Ja, natürlich!" Susannah trank gehorsam ihren Tee und fragte sich, ob ihre Blase das aushalten würde.

Dorie projizierte eine Art Bild für sie. >Da! Kannst du das fühlen?<

"Was?"

>Kannst du etwas fühlen? Um deine Gedanken herum?<

"Um meine Gedanken herum? Nun, ich - ist es wie - wie ein bisschen Schwamm? Ein dünner Schwamm um meine Gedanken? Ich kann es fühlen, Dorie."

>Das ist es! Ein Gedankenschild. Du hast einen ungewöhnlich sensiblen Geist für deine Spezies.

"Was bewirkt er?"

>Er verbirgt alles, was nicht an der Oberfläche ist. Die meiste Zeit wird nur das gehört, was du absichtlich denkst. Mit etwas Übung wird es stärker, und du wirst in der Lage sein, die Projektion deiner Gedanken zu kontrollieren, wie wir Telepathen es von Natur aus tun. Je mehr Sie sich darin üben, sie zu fühlen und zu formen, desto stärker wird sie werden und desto mehr Kontrolle werden Sie haben. Du wirst auch in der Lage sein, jeden Gedanken, den du wünschst, davor zu schützen, von fast jedem Wesen gelesen zu werden.<

"Sogar Simtlack?"

>Nun, irgendwann, mit genügend Übung. Simtlack ist sehr stark. Gibt es etwas, das du vor Simtlack geheim halten willst?<

"Nein - nur, du weißt schon - private Gefühle."

Dorie gluckste >Natürlich. Aber lass mich dir sagen. Simtlack ist wahrscheinlich sowieso nicht interessiert.<

Susannah seufzte. "Es scheint alles so kompliziert zu sein."

Dory schien überrascht. >Das Leben ist kompliziert, mein Kind. Weißt du das noch nicht? Diejenige, die sich dafür interessieren könnte, ist Snactyl. Sie ist die Leiterin des Sicherheitsdienstes. Sie ist eine Schlange, körperlich und geistig. Snactyl zieht es vor, jeden lesen zu können.<

"Nun, vielleicht sollte ich dann keinen Schild haben?"

>Siedende Sonnen, jeder hat einen Schild. Ihr seid vollkommen im Recht. Eurer ist vielleicht ein wenig stärker als andere. Ich bin sehr gut darin, Schilde zu erschaffen. Es ist nur eine andere Form des Spinnens. Du kannst jetzt gehen. Nehmt ein Bad und entspannt euch.<

Susannah ging wie befohlen in die Badekammer. "Ist da jemand drin?", rief sie vorsichtig.

Als sie keine Antwort erhielt, ging sie hinein und fummelte an den Knöpfen herum. Sie hatte schon einmal gebadet, aber sie hatte die Steuerung noch nicht im Griff. Nachdem sie verschiedene Schaumbäder und Düfte ausprobiert hatte, gelang es ihr, das Wasser in die weich gepolsterte Wanne laufen zu lassen. Was für eine großartige Verbesserung gegenüber einem Sitzbad! Ich kann nie wieder zurückgehen. Sie sank luxuriös in sich zusammen.

"Susannah! Exkremente! Wo bist du?"

"Geh weg", murmelte Susannah im Halbschlaf.

Der Türvorhang rauschte zur Seite. Susannah kreischte und rutschte unter den Blasen hindurch, wobei sie überall Wasser verspritzte.

"He, pass auf!", schrie Chiang.

"Zieh dich sofort aus!"

"Ha! Wachsen Sie doch über diese archaische Bescheidenheit hinaus, warum nicht? Du bist nicht auf der Erde!" Chiang lehnte sich nachlässig gegen den Türrahmen.

"Raus! Raus! Raus!"

"So ein Temperament! Wo warst du denn heute Nachmittag?"

"Das geht dich nichts an."

"Alles, was du tust, geht mich etwas an."

"Ich werde Simtlack erklären, dass ich kein Kindermädchen mehr brauche oder wünsche. Und jetzt verschwinden Sie!"

Er richtete sich auf, sein Gesicht dunkel vor Wut. "Tun Sie das. Dann werden wir sehen, wie lange du durchhältst!" Er stakste hinaus.

Susannah beendete ihr Bad schnell, die Entspannung war verflogen. Sie kehrte in ihr Zimmer zurück und zog ihr schönes neues Kleid an, dann setzte sie sich wieder auf ihr Bett und wartete.

War sie egozentrisch? Sie war hier, weil sie das Abenteuer gesucht hatte. Sie hatte sicherlich bekommen, was sie wollte! Aber hatte sie jemals ernsthaft darüber nachgedacht, was der Shill von ihr gewollt hatte? Hatte sie sich jemals wirklich Gedanken über Intlacks Bedürfnisse gemacht?

Chiang klopfte an ihre Tür. "Bereit?"

"Ja." Sie trat hinaus.

Seine Augen weiteten sich. "Du siehst sehr - nett aus." Er wandte sich ab und schritt eilig den Korridor entlang.

"Danke", sagte Susannah. "So ein großes Lob."

Der Speisesaal sah noch genauso aus wie beim ersten Mal. Ein Unterschied, der Susannah auffiel, war, dass Intlacks Tentakel nicht in ihre Richtung gerichtet waren. Sie hatte den Eindruck, dass er sie ignorierte. Der zweite Unterschied war, dass kein lila Ziltlur auf dem Tisch lag.

>Gruß<, grummelte Simtlack. >Und willkommen.<

"Danke", sagte Susannah. Sie ließ sich auf ein Kissen sinken. Sie war anmutiger als beim letzten Mal, weil sie geübt hatte.

>Deine Zeit bei uns war für alle lehrreich, Susannah", meinte Cheetlon beruhigend. >Hast du irgendwelche Eindrücke, die du mit uns teilen möchtest?<

Susannah stöhnte innerlich auf und hoffte, dass ihr neuer Schutzschild das Gefühl verbarg.

Was sollte sie sagen? Was wäre diplomatisch? Sie sah Intlack an und entschied sich dagegen. Keine Diplomatie. Sie würde ihnen die Wahrheit sagen.

Wenn sie unter diesen Bedingungen nicht hier bleiben konnte, dann ... Sie konnte nicht an die Alternative denken. Aber was Chiang über Intlack gesagt hatte ... und darüber, dass sie nicht versuchen sollte, diese Kreaturen aufzuklären ... Sie musste zugeben, dass seine Einschätzung über Intlack wahrscheinlich richtig war. Aber wenn er dachte, sie könne bleiben, ohne zu versuchen, sie aufzuklären, dann kannte er Susannah Maureen Chambers McKay nicht!

Sie holte tief Luft und begann: "Ich habe meine Zeit hier sehr genossen, Sir, Madame und Eldest. Ich hoffe, dass ich den Ältesten ein wenig über die Kultur meiner Geburt gelehrt habe. Er hat mir auf jeden Fall eine Menge beigebracht - sowohl über die Kultur der Shills als auch über mich selbst."

Intlacks Tentakel schwangen schließlich zu ihr herum, aber er projizierte keine Gedanken. Chiang saß still da und beobachtete sie ausdruckslos. Simtlack und Cheetlon waren ebenfalls still und warteten. Susannah fuhr fort.

"Ich habe Intlack in einer unserer Diskussionen vor kurzem als 'egozentrisch' bezeichnet, aber Chiang hat mich darauf hingewiesen, dass dieser Begriff auch auf mich zutrifft. Ich bin zu dem Schluss gekommen, dass er recht hat. Ich bin in der arroganten Annahme hierher gekommen, dass ich einen Außerirdischen leicht unterrichten könnte. Ich glaube, dass ich ihn unterrichtet habe. Aber er hat nicht immer das gelernt, was ich zu lehren beabsichtigte. Wir haben auf der Erde ein Sprichwort: 'Praktiziere, was du predigst'. Das habe ich nicht getan. Es tut mir leid, Intlack. Ich möchte wirklich gerne dein Freund sein."

Intlacks Tentakel blieben fest auf sie gerichtet, aber einen langen Moment lang schwieg er. Langsam, scheinbar verwirrt, dachte er: >Ich höre, was du sagst, aber was du fühlst, ist sehr undeutlich. Du bist unklar. Du warst noch nie so unklar.<

>Hmm?< Simtlacks Aufmerksamkeit schärfte sich. >Der Älteste hat recht. Du versuchst, deine Gedanken zu schützen!< Susannah zuckte zusammen, als sich die ganze Wucht von Simtlacks Gedanken auf sie konzentrierte. >Du hast einen Gedankenschutz! Was ist das? Chiang, was ist das?<

"Ich weiß nichts davon, Sir! Susannah, Galaxien bewahren uns! Was hast du jetzt gemacht?"

"Nun, ich - nicht viel, ich habe Dorie gesagt, dass es mir unangenehm ist, dass meine Gedanken so leicht zu lesen sind und sie hat mir geholfen -"

"Hat dir geholfen! Du verdammter kleiner Narr, Schilde sind ohne die Erlaubnis des Diplomaten verboten! Warum kannst du nicht..."

>Genug. Die Sache ist beendet. Die Probezeit der Lehrerin ist vorbei. Sie hat erneut gegen die Regeln verstoßen und wird im Alpha Centauri System zurückgelassen. Wie vertraglich vereinbart, werden wir einen Händler beauftragen, sie zur Erde zurückzubringen. Bitte gehen Sie.<

Susannah stand auf. Chiang stand auf. Chiang verbeugte sich, und Susannah ahmte seine Bewegung nach. Sie wandten sich zum Gehen.

>Bitte warte. Vater, bitte hör mich an.< Intlacks Tentakel drehten sich verzweifelt. >Als der Lehrer eintraf, wies mich Mutter darauf hin, dass dies nicht ihre gewohnte Art der Kommunikation sei. Das hatte ich vergessen. Ich habe all ihren Gedanken und Gefühlen zugehört und keinen Unterschied zwischen ihnen gemacht. Wegen meiner Unhöflichkeit hat sie das Bedürfnis nach diesem Schutzschild verspürt. Ich habe Gedanken gehört, die sie nicht preisgeben wollte, und ich habe auf der Grundlage dieser privaten Gedanken Urteile über den Charakter der Lehrerin gefällt. Bitte entlasst sie nicht aufgrund dieser Übertretung.<

Susannah lächelte Intlack an. "Ich danke dir, mein Freund", sagte sie.

Simtlacks Projektion war unnachgiebig. >Deine Aussage ändert nichts an den Umständen, dass das Verbotene getan wurde.<

"Das ist mein Fehler", sagte Chiang. "Ich habe Susannah nie genau erklärt, was verboten ist und was nicht. Ich wollte nicht die Verantwortung für sie tragen. Ich habe meine Zeit mit ihr damit verbracht, ihr zu sagen, dass ich diese Aufgabe nicht will, anstatt sie zu unterrichten. Ich sagte ihr, sie solle nur zu mir kommen, bevor sie etwas tue - was für sie offensichtlich unmöglich war, sowohl weil ich beschäftigt bin als auch wegen ihres impulsiven Charakters."

>Vater, Mutter, bitte...<

>Hmm. Alle Kreaturen warten.< Simtlacks Tentakel waren auf Cheetlon gerichtet.

So sehr sie sich auch bemühte, Susannah konnte kein bisschen von ihrem Gespräch mitbekommen. *Ich frage mich, ob mein Schild eines Tages auch so stark sein wird?* dachte sie. Dann erinnerte sie sich: *Ich muss abreisen.* Verzweiflung erfüllte sie bei diesem Gedanken. Sie öffnete den Mund, um zu sprechen, dann bemerkte sie Intlack. Er schüttelte den Kopf mit langen Schlägen seines gewundenen Halses. Susannah schloss ihren Mund und starrte ihn erstaunt an. Dann erinnerte sie sich an ihr Signal. Er hatte ihr gesagt, sie solle seine Eltern nicht stören! Sie wartete. Sie warf einen Blick auf Chiang, aber er schien Intlacks seltsames Verhalten nicht bemerkt zu haben. Susannah seufzte und wippte mit den Füßen.

Simtlack und Cheetlon brachen den Kontakt ab. Ihre Tentakel schwenkten, um den Rest der Gruppe zu betrachten. Cheetlons sanfte Töne dröhnten in Susannahs Kopf. Sie schien amüsiert. >Wir haben beschlossen, dass ihr drei eine weitere Probezeit braucht. Da ihr alle füreinander die Verantwortung übernommen habt, werden wir euch alle zur Verantwortung ziehen.<

Simtlack führte weiter aus: >Chiang, du musst den Lehrer vollständig über unser Gesetz informieren.

Intlack, du musst es unterlassen, dem Lehrer die Kommunikation zu erschweren. Susannah-Lehrer, du hast bis zur nächsten Essenszeit Zeit, um schillvilisiert zu werden.< Simtlack richtete sich auf. >So soll es sein.<

>Aber, Vater -< begann Intlack.

Susannah schüttelte heftig den Kopf.

>Entschuldige, Vater. Ihr seid weise.<

>Das Essen muss beginnen. Chiang, Susannah, ihr könnt gehen.<

Susannah und Chiang gingen durch den Vorhang. Als sie den Korridor hinuntergingen, hörte Susannah Simtlacks Intonation: >Wir danken dir, oh Meister, für Nahrung, Leben, Farbe ...<

Eine weitere Probezeit, dachte Susannah. Nun gut. Sie würde in ihrem Unterricht zurückhaltend sein müssen - vorerst. Sie warf einen Seitenblick auf Chiang und wusste, dass er vor Wut schäumen musste. Er beherrschte sich, bis sie ihr Zimmer erreichten.

"Wenn..."

"Ich weiß, ich weiß. Wann werde ich es lernen - dies ist eine fremde Kultur, und ich weiß nicht, was hier vor sich geht. Ich sollte dich zuerst fragen, bevor ich so verrückte Dinge tue, wie zu versuchen, meine Gedanken vor Fremden zu schützen, die in ihnen herumstochern ..." Susannah lächelte über sein wütendes Gesicht.

Chiang stotterte: "Du bist - du kannst nicht - ich werde nie - " Er gab auf und stapfte aus dem Zimmer.

Susannah fand es schade, dass er keine Tür hatte, die er zuschlagen konnte. Sie hätte wohl nicht so leichtfertig sein sollen, aber wirklich! Ende gut, alles gut, hätte sie ihm sagen sollen. Es ist ja nichts passiert. Und sie würde vorsichtiger sein - für die nächste Zeit. Zumindest bis nach der Party.

Die Party! Susannah lächelte. Ein neues Kleid und eine Party, zu der sie gehen würde. Wie konnte Chiang von ihr erwarten, dass sie bei einer solchen Aussicht ernsthaft nachdachte? Sie konnte diese Party kaum erwarten ...

Chapter 8

Als Susannah an diesem Abend die Party betrat, sah sie nicht alle Blicke auf sich gerichtet, aber doch ein paar. Ihr blaues Kleid schimmerte, und seine silbernen Highlights funkelten. Einer ihrer Arme war nackt, und eine Seite des Kleides war bis zum Knie geschlitzt! Susannah hatte protestiert, aber Dory hatte darauf bestanden.

Eigentlich wollte Tante Dory das Kleid bis zum Oberschenkel aufschlitzen, aber Susannah hatte sich geweigert, es zu tragen, wenn sie das tun würde. Susannah hatte Dory erzählt, dass sie aus einer Kultur stammte, in der man nicht einmal das Wort "Bein" aussprechen, geschweige denn eines zeigen konnte. Dory hatte ihr nicht geglaubt. Susannahs Haar war auf einer Seite mit silbernen Bändern zusammengebunden und hing ihr hinten bis zur Taille, und sie trug weiche, bequeme silberne Schuhe. >Besser zum Tanzen<, hatte Dory gesagt. Susannah hatte die Änderung des Schuhwerks von ganzem Herzen gutgeheißen.

Ihr erster Blick erinnerte sie an einen Wald. Offenbar waren Bäume, Lianen und Büsche das, was eine Schnecke unter schöner Dekoration verstand, und auf der einen Seite des Raumes befand sich etwas, das Susannah für einen kleinen Sumpf hielt. Fasziniert betrachtete Susannah die Szene und stellte fest, dass sie die Lebewesen nicht immer von den Möbeln und der Dekoration unterscheiden konnte. Es gab eine hohe Gestalt, die sie für einen Baum gehalten hatte, bis sie ein anderes Wesen bemerkte, das mit ihr sprach. Der ganze Raum hatte einen stechenden Geruch, den Susannah mit lehmiger Erde und Sumpfgras assoziierte, vermischt mit dem Schweiß und den Gerüchen feiernder Kreaturen.

>Tja<, gluckste Dory hinter ihr. >Ich glaube, du hast ihre Tentakel gekitzelt.<

Susannah lachte und schaute zu der Näherin, die in ihrem Rollstuhl saß, der von Yorty geschoben wurde. Dory hatte Susannah erzählt, dass sie zwar noch laufen konnte, aber lieber fuhr, weil >alte Segmente leicht verkrampfen.< Dory trug einen Seidenmantel, der sich in schillernden Farben kräuselte; über ihrem Schoß lag ein leuchtend blauer Schal anstelle des Teppichs.

>Schieb mich zu einem Tisch<, befahl Dory Yorty und sah sich verärgert um, während er sprach. Er sprach zu schnell, als dass Susannahs Übersetzer seine Worte hätte verstehen können. >Ich weiß, ich könnte es mit meinen Gedanken steuern, aber ich denke lieber an andere Dinge. Das habe ich dir schon gesagt, als du noch eine Kaulquappe warst. Jetzt schieb mich da rüber, oder ich erzähle Snactyl von deinem Schlangenhautgürtel.< Sofort wurde sie zu einem Tisch geschleudert. >Na gut, geh!

Yorty huschte zu einem Erfrischungstisch hinüber, wo er vier Getränke und zwei Teller mit Essen einsammelte.

"Möchtest du einen Drink, Dorie?"

>Nein, danke, meine Liebe. Misch dich ein bisschen unter die Leute. Aber denk daran, was ich dir gesagt habe.<

Susannah trat einen Schritt zurück und fühlte sich sofort furchtbar verletzlich. Sie holte tief Luft und ging weiter. Überall machten seltsame Gestalten seltsame Geräusche und aßen seltsame Speisen. Auf einem Tisch sah sie etwas, das Ziltlur zu sein schien. Sie erschauderte und wandte sich ab.

Sie spürte, wie jemand das Haar berührte, das ihr über den Rücken hing. Sie schreckte vor dem Gefühl zurück und drehte sich um. Ein Wesen, das sie vorläufig als einen sehr großen Biber identifizierte, stand ihr gegenüber, die Finger immer noch ausgestreckt.

"Ich mag dein Fell!" Die kratzige Stimme wurde von der Übersetzerin genau wiedergegeben. Sein Kopf reichte ihr gerade bis zur Schulter, und er trug eine Uniform in Rosa und Grün mit goldenen Paspeln. Eine Mütze mit einer Feder saß schräg zwischen seinen kleinen Ohren.

"Nun, danke", sagte Susannah und blinzelte. All das Parteiprotokoll, das ihre Mutter ihr so sorgfältig eingeimpft hatte, würde sich hier als nutzlos erweisen, das konnte sie sehen.

"Darf ich Ihren Namen erfahren?"

"Ich bin Susannah - Lehrerin."

"Ja, ich weiß. Ich bin der Kapitän, also kenne ich alle an Bord."

Der Kapitän! Susannah war erleichtert, dass sie seine Pfote nicht weggeschlagen hatte, wie es ihr erster Instinkt gewesen war.

"Ich bitte um die Erlaubnis, deinen Namen benutzen zu dürfen, verstehst du?"

"Oh! Ja, bitte sehr, Captain."

"Mein Name ist Julian. Bitte, ihn zu benutzen?"

"Natürlich, Julian."

"Die Näherin hat hervorragend für dich gearbeitet."

"Oh, ja, das hat sie. Ich war noch nie so gut gekleidet." Sie entspannte sich ein wenig. Das war schließlich nur Party-Smalltalk.

"Würden Sie Ihr Leben auf der Sheetlah genießen?"

"Ja, das tue ich, aber natürlich ist es ganz anders, als ich es gewohnt bin."

"Ah, ja, die Erde. Viele sagen, dass die Erde keinen Beitrag zum Universum leistet, aber wenn dort hübsche weibliche Mitglieder mit hübschem Fell wachsen, kann nicht alles schlecht sein." Seine Ohren zuckten.

Susannah lächelte. An diese Art von Gespräch war sie durchaus gewöhnt. "Oh, aber Kapitän, Sie müssen doch auf Ihren Reisen auf diesem schönen Schiff vielen weiblichen Wesen begegnet sein. Erzähl mir von der Sheetlah. Sie müssen sehr klug sein, um sie so durch den Weltraum zu segeln."

Der Biber klatschte mit dem Schwanz auf den Boden und fuhr fort, ihr die Feinheiten seines Schiffes zu erklären. Susannah dachte selbstzufrieden, dass sie noch nie einen Kapitän getroffen hatte, der nicht über sein Schiff sprechen konnte - egal, ob er es für einen Kahn oder das beste Schiff hielt, das es gab. Julian gehörte offensichtlich zu letzteren.

"Julian, du bist ein guter Kapitän, aber dein selbsternannter Ruf als Entransser ist offensichtlich unverdient."

Susannah wich vor der riesigen Schlange zurück, die lautlos auf sie zugeglitten war. Die Schlange verlor sich fast in dem Farbenwirbel um sie herum; sie trug nichts als ihre eigene grüne, schwarze und dunkelrote Haut.

Der Biber verlor sein fröhliches Strahlen und blickte zu der Schlange hinauf. "Nur weil du dich für nichts anderes als dich selbst interessierst, feiner Snactyl, und noch nie verzaubert wurdest, heißt das nicht, dass andere, kultiviertere Weibchen keine gute Unterhaltung über Sheetlah zu schätzen wissen!"

"Ich habe gehört, dass die Erdenwesen geistesschwach sind, aber es fällt mir schwer zu glauben, dass sie so ein Hohlkopf sind."

Susannah nahm ihre ganze Entschlossenheit zusammen und sah der riesigen Schlange in die Augen. "Ich habe das Gespräch des Kapitäns genossen. I --" Sie vergaß, was sie sagen wollte. Die Augen der Schlange waren groß, so groß wie ihre Faust, und die Pupillen waren geweitete, gelbe Schlitze ...

Der Kapitän trat zwischen sie und winkte mit einer Pfote.

"Zieh deine Schlangentricks nicht an diesem neugeborenen Weibchen ab, Snactyl. Zeig etwas Anstand. Das hier ist eine Party."

Die Schlange zog ihren Kopf zurück, als Susannah einen zittrigen Atemzug tat. "Ihr seid so ein reizbarer Bursche, Kapitän. Ich habe ihr nichts Böses getan. Oder, Ssussanah? Wenn du lange bei uns bleibst, wirst du lernen, dass unser Hauptmann aus toten Waffen Neues macht. Das ist es, was die Sheetlah durch viele Passagen hindurch sicher gemacht hat." Die Schlange senkte ihren Kopf auf die Höhe des Kapitäns. "Ist es nicht so, Sir?" Der Biber blickte sie an, und sie lachte mit einem leisen Zischen. "Es hat mich gefreut, dich kennenzulernen, Erdfrau. Ich habe Sie vernachlässigt, und das tut mir leid. Die besuchenden Botschafter waren eine Ablenkung. Ich werde mich sicher bemühen, Sie besser kennenzulernen. Das ist ein Versprechen." Sie schwebte davon.

Susannah zitterte.

"Bitte", sagte der Kapitän. "Lassen Sie sich von Snactyl nicht beunruhigen. Sie verhält sich allen gegenüber so. Es ist ihre Natur und ihre Pflicht." Er berührte Susannahs Haar sanft. "Was kann man schon von einem pelzlosen Geschöpf erwarten?" Sie musste darüber lachen, und der Hauptmann klopfte ihm sanft auf den Schwanz. "Erlauben Sie mir, Ihren Namen an Schiffskameraden mit angenehmerem Wesen weiterzugeben?"

"Es wäre mir ein Vergnügen." Sie nahm den Arm, den er ihr anbot, obwohl er sich hoch und sie runter strecken musste, damit er es tun konnte. Sein Fell war weich und warm, und sie konnte die harten Muskeln darunter spüren.

Während sie spazieren gingen, schaute sie sich nach den anderen Kreaturen um. Sie sah ein echsenartiges Wesen, das auf seinen Hinterbeinen lief. Es trug viele Bänder, die um seinen schuppigen roten Körper gewickelt waren. Sie sah eine Art Bär mit einem langen, flauschigen Schwanz. Es ging auf allen Vieren und schwang den Schwanz von einer Seite zur anderen. Es trug eine steife, glänzende Rüstung, die sich beim Gehen kräuselte. Dann sah sie einen Humanoiden, der eindeutig weiblich war. Susannah schnappte mit einer Mischung aus Vergnügen und Schock nach Luft. Die Frau war sehr schön, mit bronzener Haut und schwarzem Haar, das sich wie ein Halsband um ihren Hals wickelte. Susannah war erfreut, eine Frau zu sehen, die ihr so ähnlich war, aber sie war auch erstaunt, dass die Frau einen langen, leuchtend scharlachroten Rock trug - aber keine Bluse und kein Oberteil, sondern nur ein breites, goldglänzendes Band um ihre Brüste. Susannah starrte sie an.

"Du siehst Cayannah", bemerkte der Kapitän und lenkte sie in diese Richtung.

"Cayannah", hauchte Susannah. "Lebt sie auf der Sheetlah?"

"Nein, Cayannah ist Amusant. Amusant sind reisende Entertainer, Schiffsreisende. Amusant sind immer und überall willkommen."

"Ich verstehe, warum", murmelte Susannah.

"Behalten Sie die neue Frau für sich, Sir? Oder gebt Ihr einigen dieser arbeitsscheuen Untergebenen die Chance, mit dem schönen pelzigen Geschöpf zu sprechen?" Zwei weitere Biber in den scharlachroten und grünen Uniformen standen ihnen gegenüber. Keiner von ihnen hatte eine Feder im Hut.

"Ein Lehrer hat es nicht nötig, von so schmuddeligen Exemplaren wie euch zu lernen." Der Hauptmann hielt inne. "Aber da du uns im Weg bist ... Susannah, das sind Navigator Ashley und Erster Offizier Bastion. Ashley ist der Ruhige."

Ashley lächelte. Bastion stieß ihn sanft zur Seite und nahm ihren anderen Arm. "Unser Captain hat dich mit allen Einzelheiten über Sheetlah gelangweilt?"

"Nein, in der Tat, er hat mich nicht gelangweilt."

Bastion lachte wissend. "Ich sage dir, er ist in Sheetlah verliebt - keine Zeit für andere Frauen."

"Ahh", sagte der Kapitän, "also nehme ich an, sie ist besser dran mit einem Wortschwall wie dir?"

"Ganz und gar nicht! Ich werde ihr sagen, dass sie Ashley sehen soll, fein behaart und kaum ein Wort von ihm zu hören!"

Ashleys Ohren zuckten, als Susannah ihn mit einem Lächeln ansah. Sein Hut rutschte über ein braunes Auge nach vorne. Seine Schiffskameraden lachten ihn aus, als er ihn zurechtrückte.

"Du bist sehr schneidig, Ashley!", lachte Bastion.

"Ich werde Susannah Cayannah vorstellen", sagte der Kapitän.

"Ahh!", sagte Bastion fröhlich. Er ließ ihren Arm los und spurtete voraus, um die Aufmerksamkeit des Amusanten zu gewinnen.

Der Kapitän gluckste.

Ashley nahm leise ihren Arm. "Das Einzige, was Bastion von einem schönen Weibchen ablenken kann, ist ein anderes", sagte er milde.

Der Kapitän lachte und sein Schwanz klatschte. "Das solltest du sagen, wenn Bastion in der Nähe ist, dann wird er dich nicht als Kräusel bezeichnen."

Ashley lächelte. Sie näherten sich der Gruppe um Cayannah. Bastion hatte sich durch die Menge geschlängelt und verdrängte die Konkurrenz mit geübten Ellenbogenstößen. Im Handumdrehen hatte er Cayannah so gedreht, dass sie ihnen gegenüberstand. "Cayannah-Amusant", sagte er förmlich, "Susannah-Lehrer."

Die Bronzefrau lächelte. Die Glöckchen an ihren Handgelenken bimmelten, als sie ihre Hand ausstreckte. "Es ist so wunderbar, eine humanoide Frau zu treffen!" Graue Augen trafen auf goldbraune und weiße Hand auf bronzene.

Sie macht den Eindruck, als wäre ich in diesem Moment der Einzige auf der Welt für sie! "Ich bin hocherfreut, dich kennenzulernen."

"Wir müssen Freunde sein", sagte Cayannah. "Weibchen ohne Fell und Schuppen müssen zusammenhalten." Dann ließ sie ihr Lächeln über die Gruppe schweifen, wie eine Königin, die Goldmünzen verstreut.

"Es gibt keinen Grund, zusammenzuhalten", sagte der Kapitän. "Wir sind nur mit hübschen weiblichen Kreaturen einverstanden."

"Ja", sagte Bastion. "Aber wenn ihr zusammenhalten wollt, bin ich gerne bereit, mitzumachen!"

Susannah betrachtete sein pelziges Gesicht zweifelnd.

Cayannah lachte und sagte: "Alle wissen, dass Biber es vorziehen, waagerecht zu liegen, aber ganz besonders Bastion von den Sheetlah!"

Susannah schluckte. Sie würde sehr vorsichtig sein müssen, wenn sie mit diesen Burschen flirtete!

Ashley sagte leise: "Das kommt davon, wenn man in einer wohlhabenden Familie geboren wird. Bastion arbeitet nie, er schwimmt immer auf der Ripplefree mit Erfrischungen im Bauch."

Bastion lächelte und zeigte alle seine Zähne. "Die Zähne sind so scharf wie deine, Ashley. Willst du einen Baumstamm zum Testen?"

"Ich glaube nicht, dass das nötig ist", sagte Cayannah beschwichtigend. "Wir können sehen, was für schöne Zähne du hast. Nicht wahr, Susannah?"

"Oh, ja, in der Tat! Alle drei von euch!"

Susannah wurde von einem Klopfen auf ihre Schulter aufgeschreckt. Sie schaute sich um und sah, wie Yorty ihr und Cayannah gleichzeitig auf die Schulter klopfte, etwas aß, was wie ein Gebäck aussah, und ein Glas aus einer Flasche füllte. Ihr Übersetzer berichtete, dass er sagte: "Eine Abtrennung ist notwendig. Unübersetzbar."

"Wie bitte?", sagte Susannah.

Cayannah lachte ihr musikalisches Lachen und sagte: "Wenn du willst, dass man dich versteht, Yortling, dann sprich nicht mit vollem Mund. Hast du gesagt, Tante Dorie will uns sehen? Nun gut." Sie verband ihren Arm mit Susannahs und führte sie von den enttäuschten Bibern weg. "Ein Spaziergang quer durch den Raum kann Theater sein, nicht wahr, Susannah? Du und ich, wir werden heute Abend die Stars sein!"

"Oh, nein Cayannah. Sie sehen dir zu. Meistens, wenn ich versuche, anmutig durch den Raum zu schreiten, stolpere ich und falle!"

"Das zeigt nur, dass du genau weißt, dass sie dich beobachten, aber du hast ihre Bewunderung noch nicht angenommen. Es ist dein Schöpfer, der wirklich gelobt wird, denk daran." Cayannah machte eine ausladende Geste in Richtung von Susannahs Gestalt, ihre Armbänder klirrten. "Das ist der Verdienst deiner Näherin, deines Friseurs, deines Bodypainters und aller, die dir geholfen haben, so zu erscheinen, wie du heute Abend erscheinst. Viele Menschen haben sich für dich abgemüht. Nehmt mit Gnade in ihrem Namen an."

>Wie ich sehe, seid ihr zwei ein Paar geworden. Ich wünschte, ich könnte den Ruhm für euch beide einheimsen!<

Cayannah zwinkerte Susannah zu.

>Cayannnah, wer hat deinen Rock gesponnen? Streelbad? Ich hätte es wissen können. Diese Spinne kleidet Humanoide so gut ein. Ich habe dir gesagt, Susannah, du sollst deine Brustdrüsen mehr freilegen. Männchen aller Wirbeltierarten werden von Brustdrüsen angezogen. Das ist eines der großen Geheimnisse der Galaxis.

Susannah rang nach Worten. "Wo ich herkomme, ist das nicht üblich. Jedenfalls nicht in diesem Ausmaß."

Cayannah nickte. "Die Bräuche der Kindheit sind schwer zu überwinden. Und manchmal sollten sie es auch nicht sein. Ihr Kleid ist so schön, wie es ist, Dorie." Sie schloss halb ihre dunklen Augen. "Manchmal ist das Staunen über das, was verborgen ist, faszinierender."

Dorie wippte leicht in ihrem Stuhl. >Ja, ja. So wahr.< Sie genoss einen Moment lang ihre Zufriedenheit, dann wurde sie ernst. >Susannah, habe ich gesehen, dass Snactyl mit dir gesprochen hat?<

Susannah begegnete den Augen des alten Wurms mit wiedererwachter Besorgnis. "Ja, und ich glaube nicht, dass sie..."

>Oh, das ist gut.< erklärte Dorie süffisant: >Cayannah, ich habe Susannah einen Gedankenschutz gegeben. Snactyl hat es nicht bemerkt. Sie wird es sicher nicht gutheißen.< Sie stieß das leise Zischen aus, das Susannah als ihr Lachen erkannt hatte.

"Jedes warmblütige Weibchen braucht einen Gedankenschutz. Snactyl versteht das nicht und wird es auch nie verstehen."

>Genau.<

"Niemand würde es wagen, Snactyls Gedanken zu lesen --- außer Simtlack. Und die einzigen Geheimnisse, die sie begreifen kann, sind politische. Wo ist die Familie, Dorie?"

>Sie sind bei den Botschaftern, Screel Eins und Screel Zwei. Ich habe die Creels nie zu schätzen gelernt. Für mich klingen sie alle gleich.

"Sie wissen Amusanten nicht zu schätzen." Es war offensichtlich, dass das für Cayannah ausreichte, um sie zu entlassen.

"Was sind sie?" Susannah sah sich in der Menge der Kreaturen um und fragte sich, auf welche Art sich die erfahrene Cayannah und Dory einigen konnten.

>Sie sind Kreaturen einer Sumpfwelt. Ein Geist, viele Kolonien von schuftenden Arbeitern, die nur an ihrem eigenen trüben Selbst interessiert sind. Die Botschafter gehören zu der Kolonie, die mit der Sternenpolitik betraut ist, und zu dem Paar, das gerade an der Reihe ist, den Planeten zu verlassen.<

"Das ist die Theorie", sagte Cayannah. "Da sie niemand auseinanderhalten kann, kann es sein, dass es nur diese beiden gibt und sie nur ihre Namen ändern! Hast du das schon mal gehört?"

Dorie zischte vor Lachen. >Ja, aber Simtlack sagt, er kann sie auseinanderhalten.

"Vielleicht hat er deshalb mehr Erfolg beim Verhandeln mit ihnen als jeder andere." Cayannah wandte sich an Susannah. "Sie haben ein Sonnensystem voller Ressourcen, die der Rest des Quadranten gerne ausbeuten würde. Einige der weniger skrupellosen Spezies sind ohne die Zustimmung der Creels eingedrungen, da sie keine Bedrohung darstellten und sich nur um ihren Sumpf zu kümmern schienen. In letzter Zeit sind sie jedoch verärgert. Es scheint eine religiöse Sache zu sein, soweit ich das beurteilen kann. Sie verehren ihren

Blick auf den Himmel und wollen nicht, dass er durch fremde Anlagen verstellt wird." Cayannah zuckte mit den Schultern. "Sie haben die Familie um Hilfe bei der Kontrolle der Scavenger gebeten. Mehrmals wurden Verträge vorgeschlagen, aber die Creels haben keine Bedürfnisse; sie tragen keine Kleidung, trinken nichts außer ihrem eigenen Sumpfwasser und essen nichts außer ihren eigenen Sumpfpflanzen. Es gibt nichts, was man mit ihnen tauschen könnte. Alles, was sie wollen, ist Schutz, also hat Simtlack versucht, einen Weg zu finden, mit ihnen zu verhandeln und trotzdem einen Weg zu finden, ihre Ressourcen zu nutzen." Sie sah nachdenklich aus. "Vielleicht ist Simtlack deshalb so erfolgreich, weil die Familien auch wenig Laster haben und sehr religiös sind."

Dorie nickte mit den oberen Segmenten. >Es ist ihr Glaubenssystem. Ihr Schöpfer verlangt von ihnen, in allen Dingen maßvoll zu sein.< Sie zischte fröhlich. >Danke den Sternen, dass mein Glaubenssystem einen liberaleren Schöpfer hat!<

"Simtlacks Gebet an dem Abend, an dem ich mit ihnen zu Abend aß, war wunderschön", murmelte Susannah.

Es hatte sie überrascht, dass ein so fremdes Wesen so erhabene Gedanken haben konnte. Ihre Mutter war eine überzeugte Anhängerin der Church of England gewesen, aber ihr Glaube schien Susannah nie viel Tiefe zu haben. Religiös zu sein schien zu bedeuten, Gottesdienste zu besuchen, Kleidung für die viel beschworenen, aber nie gesehenen Armen zu sammeln und der Frau des Pfarrers Tee zu servieren. Ihr Vater hatte sich über jeden religiösen Glauben lustig gemacht, und nach dem Tod ihrer Mutter hatte Susannah ihre vagen religiösen Praktiken ohne Bedauern aufgegeben. Es war erstaunlich, an einen so exotischen Ort zu kommen, der so weit von zu Hause entfernt war, und dort Lebewesen zu finden, die ihren Glauben tatsächlich auslebten. Susannah hob das Rätsel für spätere Überlegungen auf.

"Und die Mahlzeiten der Shills sind auf ihrer Heimatwelt noch viel beeindruckender", sagte Cayannah.

>Warst du schon einmal dort?" Dorie klang überrascht.

"Ja, aber es hat mir nicht geschmeckt."

Dorie nickte und zischte. >Keine männlichen Wirbeltiere!<

Cayannah lachte. "Dein schnelles Verständnis verrät deinen eigenen Verstand, Tante Dorie!"

>Ich leugne es nicht. Ich leugne es nicht! Aber diese Segmente werden jetzt zu leicht strapaziert. Das liegt alles hinter mir.

"Natürlich ist es das!" Cayannah legte eine klimpernde Hand auf Dorys Stuhllehne. "Würmer winden sich immer von hinten!"

Susannah starrte die lachenden Kreaturen an und versuchte, sich ihren Schock nicht anmerken zu lassen.

>Arme Susannah, wir haben schon wieder ihre Sensibilität verletzt. Von allen Spezies, denen ich begegnet bin, sind die Erdenbewohner anfangs am prüdesten und passen sich mit der Zeit am schnellsten an.<

Cayannah nickte, immer noch lachend. "Ihre Theorie könnte dieses Mal allerdings nicht zutreffen. Susannah sieht nicht so aus, als ob sie sich anpassen würde. Und du hast wirklich nur sehr wenige Erdenmenschen

Erdenmenschen zur Verfügung, die noch nicht interstellar reisen können."

>Wahr, wahr.<

Eine pelzige Nase schob sich um Dorys Stuhl herum. "Du hast die Weibchen lange genug in Beschlag genommen, alter Wurm. Es wird Zeit zu tanzen!"

Chapter 9

Susannah schaute auf die Biber hinunter. Es waren nur zwei, und keiner von ihnen trug eine Feder an seinem Hut. "Der Kapitän wird zur Arbeit gerufen", sagte Ashley und hielt Cayannah seinen Arm hin. "So traurig."

"Ja, es ist sehr trocken für den Kapitän", sagte Bastion und streckte Susannah seinen pelzigen Arm entgegen.

"Oh, aber ich..." Susannah wurde plötzlich bewusst, wie seltsam die Musik war - und wie seltsam ihr Partner war.

"Du brauchst es nicht zu wissen", sagte Bastion, "du brauchst es nur zu fühlen. Er fegte sie auf den Boden. Die Musik war ein Wirbel aus angenehmen Klängen, aber kein (für Susannah) erkennbarer Takt. Bastions Bewegungen schienen kein Muster zu haben. "Du strengst dich zu sehr an", sagte er und schaukelte sie herum. "Du musst dich entspannen." Seine muskuläre Beweglichkeit schien die Tatsache zu kompensieren, dass seine Partnerin einen Fuß größer war als er.

Susannah versuchte sich zu entspannen und glaubte gerade, einen Rhythmus gefunden zu haben, als die Musik mit einem Stöhnen verklang.

"Was ist los?"

"Nichts ist los. Sei ruhig. Bist du nicht müde?"

"Oh, nein. Ich gewöhne mich gerade daran!"

Er grinste und seine Schneidezähne blitzten. "Bist du durstig?"

"Ja!"

"Bin gleich wieder da." Er schwirrte durch die Menge davon.

Susannah lehnte sich an einen Baum und beobachtete die anderen Kreaturen, die sich erfrischten. Sie sah Wesen, die krabbelten, flogen, schlitterten und liefen. Sie sah Schuppen, Federn, Haut in allen Farben und - Metall?

Als sie ihren Hals reckte, um einen besseren Blick zu erhaschen, war die Gestalt verschwunden. Sie schätzte, dass etwa hundert Kreaturen anwesend waren. Sie fragte sich, wie viele sich normalerweise auf der Sheetlah aufhielten und wie viele zu diesem Anlass an Bord waren. Sie fragte sich, wie lange Cayannah an Bord sein würde. Sie würde Bastion fragen müssen. Als er wieder an ihre Seite eilte, hielt er ein großes, grünes Glas in der Hand.

"Kein Ziltlur - oder etwas Ähnliches?"

"Nein, nein, Ziltlur macht das Tanzen zu schwierig."

Sie lachte. "Zweifelsohne. Danke." Sie nippte. "Ooh. Prickelnd! Bastion, wie viele Leute - das heißt, wie viele sind normalerweise an Bord der Sheetlah?"

"Das ist sehr unterschiedlich." Bastion nippte an seinem eigenen Getränk und wischte sich vorsichtig mit seiner Pfote das Fell über den Mund. "Die

Besatzung ist nur vierzig, aber Simtlack hat oft Besuch. Die Sheetlah kann problemlos zweihundert Leute aufnehmen. Wir haben mal eine kranke Stadt von vierhundert evakuiert. Nicht einfach." Er schüttelte den Kopf.

"Was meinst du mit kranker Stadt?"

Er runzelte die Stirn. "Ausländische Piraten landen ohne Erlaubnis und bringen schlimme Krankheiten mit. Stadt verseucht. Wir retten die Überlebenden, stellen sie unter Quarantäne und bringen sie zur medizinischen Basis." Er grinste furchterregend. "Dann kehren wir zurück und machen den Piraten fertig, bei meinen Schneidezähnen!"

"Oh." Susannah beäugte ihn zweifelnd und beschloss, nicht nach Details zu fragen.

Bastion streckte seine Pfote aus. "Die Musik fängt schon wieder an."

Sie trank ihr Getränk aus und stellte es auf einem Baumstumpf ab, der wie ein solcher aussah. Basteis Pfote fühlte sich warm und weich an. Diesmal fiel es ihr leichter, den Tanz zu spüren. Basteis Führung war sicher und beschwingt. Seine Zähne blitzten, als die Musik endete, und er legte seinen Arm um sie. Susannah spürte einen Moment lang Panik, dann fühlte sie sich frei gezogen.

"Es wird Zeit für einen erfahreneren Partner, Bastion."

"Bah! Das kann nicht dein Ernst sein! Hast du deinen Partner verloren, Lumberjoint?"

"Captain", gab Ashley zu. Er streckte seine Pfote aus, als Susannah sich an Bastion wandte.

"Ich danke dir. Du warst ein wunderbarer Lehrer!"

Nachdem sie mit Ashley getanzt hatte, tanzte sie mit dem Kapitän, und nach dem Kapitän mit einem echsenartigen Wesen (das sie nervös machte, weil es beim Sprechen die Zunge ein- und ausfuhr), und danach mit einem Humanoiden mit lila Augen und einem Schwanz. Danach verlor sie den Überblick. Ein paar ihrer Partner besorgten ihr weitere Erfrischungen, und einer von ihnen konnte ihr glücklicherweise den Weg weisen, als sie nach humanoiden Abfallentsorgungseinrichtungen fragte. Als sie sich erleichtert hatte, tanzte sie wieder mit ihm. Als die Musik zu Ende ging, schüttelte er seine Mähne und sagte ihr, sie sei eine gute Tänzerin und ein schönes Weibchen, und es wäre schön, später wieder mit ihr zu tanzen. Wenn sie jemals einen Krieger bräuchte, sei er ein guter Krieger und würde ihr gerne helfen.

"Ich würde jetzt gerne wieder tanzen", sagte Susannah kühn. Sie fühlte sich etwas benommen und fragte sich, ob einer ihrer Partner ihr vielleicht etwas Stärkeres serviert hatte.

"Jetzt? Jetzt ist Zeit für den Dalven!", sagte der Löwe und trottete davon.

Susannah musste lachen, denn er erinnerte sie so sehr an einen Oberst, den sie einmal getroffen hatte. Aber wer oder was war der Dalven? Sie schaute sich nach einem bekannten Gesicht um, stellte aber fest, dass sie sich auf der anderen Seite des Sumpfes befand als Dory, und sie sah niemanden in der Nähe, den sie kannte - außer Snactyl. Der Anblick der riesigen Schlange ließ ihr den Schweiß auf die Stirn treiben. Sie machte einen Schritt zurück und spürte, wie Wasser ihren Fuß durchnässte. Sie blickte erstaunt nach unten; sie war in den Sumpf getreten.

Oh, verdammtes Glück!", murmelte sie, aber Snactyl war immer noch in Sichtweite, also ging sie gedankenverloren weiter in den Sumpf, um sich hinter einem Baum zu verstecken. Sie hob ihren Rock aus der Gefahrenzone und spähte um den Baum herum, wobei sie sich zur Unterstützung an den Baum lehnte. Snactyl war immer noch da, ihr rotgeschuppter Kopf schwang hin und her, während sie sich langsam in Susannahs Richtung bewegte.

Sie ist auf der Suche nach mir! Susannah blickte hinter sich. Die Mauer. Sie konnte an der Mauer entlang durch den Sumpf schleichen oder ins Freie treten. Ohne zu zögern, zog sie ihr Kleid höher und schlich an der Mauer entlang.

Als sie das Kitzeln von Stimmen in ihrem Kopf wahrnahm, war sie erleichtert. Sie musste sich dem Rand des Sumpfes nähern! Im nächsten Moment entdeckte sie eine Lichtung und blieb kurz stehen, gerade außer Sichtweite der dort versammelten

Kreaturen. Es waren die Creel-Botschafter und die Familie. Die Creels waren kleine, gräuliche Klumpen ohne Füße und Arme. Sie schienen einfach hinein- und hinauszusickern. Sie sprachen gleichzeitig. Fasziniert von der Art, wie sich ihre Körper ständig veränderten, wie Ton auf einer Töpferscheibe, beugte sich Susannah vor.

>Wir bitten Sie nur darum,< sagten die gleichzeitigen Stimmen, >dass Sie uns versichern, dass die Berichte über die Doppelzüngigkeit der Shills, die wir gehört haben, unwahr sind. Uns wurde gesagt, dass die Piratenangriffe von euren Agenten arrangiert wurden. Möge die Sonne tausend Tage lang auf euch scheinen, wenn das so ist.<

>Nicht so<, behauptete Simtlack. Seine Empörung schmerzte Susannahs Kopf. >Die Shill sind nicht doppelzüngig. Bei der Muschel, das verspreche ich dir.<

Simtlacks Gedanken gaben seinem Vater eine wortlose Welle der Unterstützung. Da er wusste, wie stolz er war, konnte Susannah sich gut vorstellen, wie sehr ihn die Anklage der G Creels schmerzen musste.

>Du verstehst, dass wir das Vordringen, das unsere Gebete verändert, nicht aufhalten können. Wenn die Sterne nicht so sind, wie wir sie brauchen, wenn sich der Nebel im zweiten Zyklus der Sonne lichtet ... <
Die Arme der Creels trafen sich und verschmolzen.
>Wir werden uns in unsere Gruben zurückziehen und das Ende eures Reiches abwarten.

Was für eine Drohung, dachte Susannah. *Ich denke, Simtlack würde sich freuen, wenn er eure schlammigen Felle nicht mehr sehen müsste.*

>Was war das für ein Gedanke?< Die Creels trennten ihre Arme. >Das erfreut dich, Shill Simtlack?<

>Nein!< Simtlacks Brüllen war ohrenbetäubend.

Susannah wandte sich zum Laufen. Sie machte einen Schritt nach vorn, und das Unheil nahm sie erneut in die Arme. Ihr Schuh stieß gegen einen Schlammfleck, ihre Arme schlugen wild um sich, und sie ging mit einem Schrei und einem Platschen zu Boden, wobei brackiges Wasser bis zur Familie spritzte, die entsetzt zusah. Ausrufe hallten in ihrem Kopf wider, mit Intlacks aufgeregtem Ausbruch als Ganzes: >Es ist die Lehrerin, Vater. Sie hat spioniert!<

Susannah versuchte, sich nicht an ihren demütigenden Abgang aus dem Sumpf zu erinnern, angetrieben von Simtlacks eisernem Griff um ihren Verstand. Simtlacks Gedanke/Brüllen nach Snactyl brachte die Gruppe zum Stillstand. Snactyls Annäherung versetzte Susannah in Panik, und die schockierten Gesichter ihrer neuen Freunde ließen sie erröten. Dorys Stimme in ihrem Kopf verlangte, dass sie die Geschichte schnell erzählen sollte, aber Simtlacks empörter Ausruf ließ den alten Wurm in ihrem Stuhl zusammenschrumpfen, und Snactyls Blick auf Susannahs Augen vertrieb jeden unabhängigen Gedanken aus ihrem Kopf.

Als das Bewusstsein zu ihr zurückkehrte, hatte sie das Gefühl, ihr Gehirn sei wie ein Geschirrtuch ausgewrungen worden, und ihr schönes Kleid, das steif von getrocknetem Sumpfwasser war, gab ihr das Gefühl, benutzt zu werden. Sie stieß sich von dem Kissen auf dem Boden ab - hier gab es kein beruhigendes Rumpeln oder weiche Federn - und schaute sich mit einem Zucken in dem grauen Raum um. Grau! Sie ließ den Kopf hängen und versuchte, sich nicht zu fragen, was mit ihr geschehen würde.

Nach einer gefühlten Ewigkeit öffnete sich die Tür (eine echte Tür) und ließ eine Kreatur wie Yorty herein. Sie war sich nicht sicher, ob es Yorty oder ein anderer seiner Art war. Er gab keinen Laut von sich, kippte lediglich zwei Tabletts auf den Boden und verschwand, bevor sie überhaupt den Mund öffnen konnte. Ihre vielen Fragen schmeckten so bitter, gefangen in ihrem Mund, dass sie nicht essen konnte. Nach einer langen, gelangweilten Pause stocherte sie im Essen herum, um etwas zu tun. Unter dem Grünzeug lag ein Zettel.

"Susannah", las sie, "Gedanken werden überwacht, also schreibe ich. Deine Freunde versuchen es, aber Simtlack will nicht sprechen, solange Creels noch hier ist. Verzweifeln Sie nicht. Dorie."

Susannah spürte, wie ihr die Tränen in die Augen stiegen. Man hatte sie nicht vergessen. Aber wer genau waren ihre Freunde, und was versuchten sie zu tun? Hatte Chiang Dory mit dem Zettel geholfen, oder gab es noch jemanden, der Englisch schreiben konnte? Wo war Chiang überhaupt die ganze Zeit gewesen? Sie kaute lustlos auf einem Gemüsestäbchen herum. Es war alles so verwirrend und beängstigend. Was war die Strafe für Spionage hier? Sie erinnerte sich an Chiangs Warnungen, als sie das erste Mal hier war. Wenn sie doch nur besser auf ihn gehört hätte!

Als Snactyl endlich den Raum betrat, war Susannah fast froh, ihr gegenüberzustehen. Schließlich war sie ja unschuldig! Es war alles nur ein dummes Missverständnis. Sicherlich würde Snactyl das "hören" können. Aber ihre Hoffnung verflog mit Snactyls erstem Zischen.

"Ssusannah-Lehrer. Du hast etwas Verwerfliches getan. Ssimtlack ist so wütend, dass er sich weigert, dich zu sehen. Was hast du zu sagen?"

Susannah stand auf und versuchte, die Nerven zu bewahren und den geschlitzten Augen auszuweichen. "Ich bin keine Spionin! Ich will Simtlack sehen!"

"Wie gesagt, Ssimtlack wird nicht dulden, dich zu sehen!"

"Dann erlaube mir, Cheetlon zu sehen!"

"Der Erste Conssort hat Besseres zu tun." Snactyl bewegte sich langsam hin und her, ihre glänzenden Augen auf Susannah gerichtet, die es sorgfältig vermied, ihnen zu begegnen. Der muffige Geruch der Schlange erfüllte allmählich den kleinen Raum und ließ Susannah nach Luft schnappen.

"Chiang? Wo ist er? Er war nicht auf der Party."

"Nein, das war er nicht. Was sollte er denn sein? Ist er dein Kontaktmann? Wurdest du deshalb erwischt, weil er nicht da war, um dir zu helfen?" Snactyl senkte den Kopf und rückte näher an Susannah heran.

"Nein! Nein, natürlich nicht!" Susannahs Augen rissen auf und sie war verloren ...

Die Kopfschmerzen waren heftig.

Susannah krümmte sich auf ihrer Pritsche und versuchte, das Bewusstsein zu vermeiden, ohne zu wissen, warum sie es fürchtete. Aber dann war sie bei Bewusstsein und erinnerte sich. Sie lag auf dem Boden, umklammerte das Kissen und war zu deprimiert, um etwas anderes zu tun.

Als sie ein Geräusch an der Tür hörte, erschrak sie, und dann war sie entsetzt über ihren Schrecken. Was war mit ihr geschehen? Was hatte Snactyl getan, dass es sie in einen kichernden Feigling verwandelt hatte? Aber wenn die Schlange es noch einmal versuchte, wusste sie, dass sie schreien würde, schreien aus voller Kehle - sie öffnete ihren Mund...

"Pst! Beim Buddha!" Chiang warf sich neben ihr auf die Knie und drückte ihr eine Hand auf den Mund. "Was ist denn in dich gefahren? Ich hätte nicht gedacht, dass es noch schlimmer kommen kann, aber vielleicht schaffst du es noch. Geht es dir gut?" Er zog seine Hand von ihrem Gesicht weg.

Sie blickte mit wilden Augen zu ihm auf. "Was zum Teufel machst du da? Wo bist du gewesen? Warum warst du nicht auf der Party, als ich dich gebraucht habe?"

Er setzte sich abrupt auf und sagte mit hoher, sarkastischer Stimme: "Oh, danke, Chiang, dass du das Risiko eingegangen bist, zu mir zu kommen! Ich habe mir solche Sorgen um dich gemacht, als du nicht auf der Party aufgetaucht bist! Ich war mir sicher, dass du sie nicht absichtlich verpasst! Ich bin so froh, dich bei guter Gesundheit zu sehen!" Er stand auf. "Ich weiß nicht, warum ich hierher gekommen bin, um dir zu helfen, du undankbarer Eimer voller Wurmkotze!" Er ging auf die Tür zu.

"Lass mich nicht allein!" Susannah kniete nieder und griff nach seinen Beinen. "Oh, Chiang, es tut mir leid! Bitte, bitte geh nicht!"

"So ist es schon besser. Versprichst du, dass du still bist und zuhörst?" Sie nickte. "Du steckst im Schlamassel." Sie nickte wieder. "Vielleicht kann ich dich da rausholen." Sie öffnete ihren Mund. "Schweigen Sie! Man hat Sie der Shill-Variante des Verrats angeklagt. Das ist eine unangemessene Anklage, wenn man bedenkt, dass Sie kein Mitglied der Besatzung sind und in Ihrem Vertrag nichts über Ihre Loyalität zu den Shill oder ihren Verbündeten steht. Ich weiß, dass Sie Ihren Vertrag nicht gelesen haben, aber ich schon. Das größte Problem im Moment ist Snactyls Feindseligkeit. Ich weiß nicht, was ihr getan habt, um sie zu verärgern, aber - Nicht reden! - aber als Erstes müssen wir sie besänftigen. Da sie zufällig eine Freundin von mir ist, kann ich dir dabei vielleicht helfen. Das zweite, was wir tun müssen, ist, Simtlack dazu zu bringen, dich zu sehen. Im Moment weigert er sich, irgendetwas über dich zu sagen, und er könnte es für immer dabei belassen." Susannah stöhnte auf. "Ich glaube, er hat darauf gewartet, dass die Creels abreisen. Leider scheinen sie beschlossen zu haben, dass du ein Testfall bist, um zu sehen, ob die Shill es ernst meinen mit ihrem Engagement für die Interessen der Creels." Er schüttelte seine Robe aus und hockte sich neben sie. "Ich möchte, dass du mir jetzt genau erzählst, was auf der Party passiert ist." Er verschränkte die Arme. "Also gut, rede."

"Oh, Chiang, Snactyl ist nicht deine Freundin, sie hat dich beschuldigt, mein Kontaktmann zu sein und --"

"Stop. Die Party."

"Aber du hast nicht gehört, was ich --" Chiang stand auf und wandte sich der Tür zu. "In Ordnung! Alles klar! Die Party! Auf der Party, das war nur ein Irrtum, ich hatte von der ersten Minute an Angst vor Snactyl --"

"Wann war das? Was ist passiert?"

Susannah erzählte die ganze Geschichte so vollständig, wie sie konnte. Sie beschrieb den Tanz mit den Bibern und erklärte, wie der Kapitän Snactyl für sie besiegt hatte.

"Ahh! Du hast sie also nicht verärgert, sondern dieser hölzerne Biber war es!"

"Der Biber hat mich vor dem Angriff deines guten Freundes auf meinen Verstand geschützt!"

"Dieser Biber hat eine langjährige Fehde mit Snactyl, die ihm viel Vergnügen bereitet. Aber er ist der Kapitän, von erwiesener Fähigkeit und Loyalität, und es macht keinen Unterschied, wenn er sie ärgert. Du hast hier keinen Status, wie ich dir immer wieder gesagt habe, und du kannst es dir nicht leisten, ausgerechnet diejenige zu verärgern, die für die Sicherheit dieses Schiffes verantwortlich ist!" Seine Stimme senkte sich zu einem Gemurmel. "Diese Biber denken, sie müssen nur ihre Zähne zeigen, um jedes Weibchen in ihre pelzigen Arme fallen zu lassen." Seine Stimme erhob sich wütend. "Du bist vielleicht empfänglich, aber Snactyl ist es nicht, und das können sie ihr nicht verzeihen! Sie hat dich nicht angegriffen, sie hat dich nur kennengelernt ... Ihre Technik ist nur ein wenig grob."

"Grob! Grob! Grob wie ein Kajütenjunge, der versucht, der Butler der Königin zu sein! Es fühlte sich an, als würde mein Kopf auseinanderfallen!"

"Was vielleicht gar nicht so schlecht ist! Oh, erzähl mir vom Rest der Party." Mit einem angewiderten Grunzen setzte er sich auf ihr Kopfkissen.

Stirnrunzelnd hockte sich Susannah auf den Boden und erzählte ihm von ihrem Versuch, Snactyl auszuweichen, was sie in den Sumpf geführt hatte.

"Das ist also alles, was du gehört hast?", fragte er, als sie fertig war.

"Das ist alles."

"Da gibt es nicht viel, was nicht jeder weiß."

"Warum weiß Snactyl nicht, dass ich keine Spionin bin? Wenn sie so gut Gedanken lesen kann?"

"Weil sie deinen verdammten Schutzschild nicht durchdringen kann, deshalb! Der blöde alte Wurm hat ihn so stark gemacht, dass nicht einmal Snactyl ihn durchdringen kann. Wenn diese störende Näherin nicht wäre, hättest du nicht diesen ganzen Ärger."

"Dorie sagte, es wäre in Ordnung ..."

"Dorie und Snactyl hassen sich. Dieser alte Wurm wuchs vor dem Universellen Rat auf! Ihre und Snactyls Spezies sind alte Rivalen. Warum geht es nicht in deinen Schädel, dass du so gut wie nichts über die Gesellschaft weißt, in der du lebst?"

"Warum haben Sie mich nicht gründlicher unterrichtet? Wer ist schuld, wenn ich nicht verstehe, was ich deiner Meinung nach wissen sollte? Dory hat mir wenigstens beigebracht, was ich ihrer Meinung nach wissen sollte!"

"Ich habe dir doch gesagt, dass ich bei diesem Job versagen werde!"

"Na, ist das nicht sehr bequem für dich! Eine sich selbst erfüllende Prophezeiung! Herzlichen Glückwunsch! Bitte erlauben Sie sich nicht, sich meinetwegen verantwortlich zu fühlen." Susannah warf den Kopf zurück, und die letzten der aufgetürmten Locken fielen ihr über die Augen. Sie schob sie zurück und unterdrückte wütende Tränen. "Ich habe mir ausgesucht, hierher zu kommen, und ich bin verantwortlich für das, was mir widerfahren ist, niemand sonst!"

Er schwieg, seine braunen Augen waren unleserlich. "Gut", sagte er schließlich. Er stand auf und ging zur Tür. "Obwohl es mir leid tut", sagte er, ohne sie anzusehen.

"Ach, verdammt!", sagte sie heftig, als sich die Tür hinter ihm schloss. "Verdammt! Verdammte Scheiße!" Sie fluchte die wenigen Schimpfwörter, die sie kannte, noch einmal. Sie würde nicht weinen. Sie würde nicht weinen!

Chapter 10

Die Zeit verging. Zuerst wünschte sie sich, sie wüsste, wie viel Zeit verging. Dann wurde ihr klar, dass es sie nicht interessierte. Die Zeit verging einfach - oder vielleicht auch nicht. Sie hörte auf, über das eine oder das andere nachzudenken. Sie benutzte die Abfalleinrichtungen in der Wand. Sie mampfte schlaffes Grünzeug und trank Tee. Sie schlief auf ihrer Palette und klammerte sich an das Kissen. Manchmal wurden der Tee und das Grünzeug von dem stummen Yorty-Ähnlichen gewechselt, aber sie sprachen nicht miteinander. Sie sank in ein tiefes Loch in sich selbst, in dem ihr Bedauern sie nicht quälte.

Schließlich bekam sie Besuch. Er kroch langsam herein, während Snotty ihm die Tür aufhielt. Susannah sah auf und blinzelte langsam. Ihr Stoffwechsel schien sich verlangsamt zu haben - ihr Atem kam tief und flach. Sie sah Intlack an, verspürte aber keinen Drang, mit ihm zu sprechen.

>So,< dachte er schließlich bei ihr, >es ist wahr.<

Susannah fragte sich nicht einmal, was er meinte. Sie sah ihn an und beobachtete, wie sich seine Tentakel langsam herumdrehten.

>Du bist ein Wrack. Ich habe Berichte über eingesperrte Menschen untersucht. Ich habe erfahren,

dass Menschen so sozial sind, dass die meisten eine Einzelhaft nicht überleben. Du scheinst zu versagen.<

Scheitern? Susannah fragte sich das. Hatte sie nicht schon versagt? "Ich habe bereits

versagt", versuchte sie zu sagen, aber ihre Stimme klang piepsig.

Intlack jedoch fing den Gedanken auf. >Scheitern? Krank werden/verfallen/verfallen?<

Susannah versuchte zu denken. Kommunikation schien so viel Arbeit zu sein. "Scheitern", murmelte sie. "Scheitern ... erfolglos, fehlerhaft, fruchtlos, nutzlos, wertlos ..." Sie schloss die Augen. Sie wollte schlafen.

Intlack knallte mit fast der gleichen Wucht gegen ihr Gehirn, wie es sein Vater getan haben mochte - zumindest schien es Susannah so. >Lehrer!<

Sie riss ihren Kopf hoch. "Was?" Sie schlug die Hände an den Kopf. "Oh, Intlack, tu

tun Sie das nicht!"

>Kommuniziere. Die Creels wollen dich töten. Ich komme, um dir zu helfen. Erzählen Sie mir alles, was

was auf der Party passiert ist.

"Oh, das würde so lange dauern..."

>Du hast Zeit. Ich bin bereit, mir Zeit zu nehmen. Verachten Sie meine Bemühungen?<

Das durchbrach ihre Verzweiflung. "Geringschätzen? Intlack, wie könnte ich irgendetwas an Ihnen verschmähen?"

>Genau. Also, erklären Sie mir die Party.<

Susannah seufzte. "Na gut." Sie tat, was sie mit Chiang getan hatte, begann am Anfang und versuchte, ihn durch den ganzen Abend zu führen.

>So, Sie haben also einiges von dem gehört, was wir besprochen haben. Das ist bedauerlich. Und du zeigst mir diesen ungeschickten Sturz und deine Angst vor Snactyl, aber es fällt mir schwer, darüber nachzudenken. Vielleicht hast du mehr über die Verschleierung deiner Gedanken gelernt, als du zugibst.<

"Oh, nein, Intlack! Du musst mir glauben! Ich verheimliche nichts. Snactyls Sondierung war wie eine Axt, die in mein Gehirn geschlagen wurde!"

>Ich kenne diese Axt nicht, aber ich glaube, du meinst, dass Snactyl kein Feingefühl hat.

"Feingefühl!" Susannah schnaubte und setzte sich aufrecht hin. "Sie hat das Feingefühl eines betrunkenen Hafenarbeiters! Und du weißt, wie ungeschickt ich bin! Ich bin am ersten Abend, an dem wir uns kennengelernt haben, gestolpert und auf den Tisch gefallen!

>Was ist das?<

"Ich bin gestolpert - Oh!" Susannah hielt sich die Hand vor den Mund.

>Erklären Sie es mir.

"Ich - kann nicht."

>Du verheimlichst etwas.

"Nein. Ja - Chiang hat es mir befohlen."

>Also ist Chiang dein Komplize!

"Nein! Nein! Ich kann es dir nicht sagen, weil Chiang sagte, dein Vater hätte es zum Nihilismus erklärt!"

Intlack zeigte sich empört. >Du weißt, dass es verboten ist, von Nihilismus zu sprechen. Sind

Willst du alles noch schlimmer machen?<

"Natürlich nicht! Warum in Gottes Namen sollte ich das tun? Aber Sie verlangten - Oh,

Intlack, ich glaube nicht, dass ich mir noch mehr Ärger einhandeln kann, als ich ohnehin schon habe!"

>Vielleicht nicht. Aber wenn du das meinem Vater erzählst, wird es sehr, sehr schmerzhaft für dich sein.

für Sie.<

Er schlitterte ein paar Zentimeter über den Boden. Seine Art, auf und ab zu gehen, glaubte Susannah. Sie wagte es, einen Vorschlag zu machen. "Dein Vater kennt mich nicht so gut wie du, denke ich. Ich wollte nur ein Beispiel dafür geben, wie ungeschickt ich sein kann, wenn ich Alkohol getrunken habe."

Intlack schlängelte sich noch ein wenig weiter. >Sehr gut<, sagte er schließlich.

Susannah fragte sich, ob es sein Gerechtigkeitssinn oder schlichte Neugierde war, die ihn dazu trieb. Aber er blieb ruhig, während sie sich das erste Abendessen vorstellte, als sie in voller Länge auf dem Tisch gelandet war.

>Mein Vater ist stark. Er würde nicht zulassen, dass du an so etwas denkst. Vielleicht ist es besser, wenn du stirbst. Du verwirrst mich. Ich sollte nicht verwirrt sein.< Er schlurfte zur Tür.

Susannah sog den Atem ein. "Intlack, jeder ist manchmal verwirrt!"

>Nicht mein Vater. Nicht meine Mutter.<

"Nun... Sie sind erwachsen. Du bist jung und wächst und lernst neue Dinge. Ich bitte dich,

Intlack ... Ist das ein Grund, mich sterben zu lassen?"

>Dein Leben ist dir wichtiger als mir. Auch wenn ich sein Ende bedauern werde.<

"Intlack, es gibt noch einen anderen Gesichtspunkt! Sag mir, dass du darüber nachdenken wirst!"

Die Tür öffnete sich und Intlack schlüpfte heraus. Er reagierte nicht auf ihr Flehen.

Susannah warf den Kopf zurück. "Ich werde nicht weinen."

Die Zeit kroch. Wie eine Schnecke. *Wie eine schleimige, glitschige, schleimig denkende Schnecke.* Sie versuchte, die Gedankenlosigkeit, die sie gehabt hatte, wiederzuerlangen, aber sie war weg. Die Gedanken kamen. Und das Bedauern. Sie konnte sie nur erdulden.

Chiang hatte die ganze Zeit recht gehabt. Sie wusste nichts über diese Gesellschaft. Sie wusste nicht, welche Fehden es zwischen den Arten gab. Warum hatte sie nicht gedacht, dass es Fehden geben würde? In ihrer eigenen Welt gab es weiß Gott genug davon. Sie wusste nicht einmal, was der Universelle Rat war, geschweige denn seine Gesetze. Sie kannte das Protokoll hier nicht. Wie oft hatte ihr Vater ihr gesagt, sie solle sich immer vergewissern, dass sie die Etikette jeder Gruppe, in der sie sich befand, verstand? Ihre Mutter hatte geglaubt, die Erziehung einer Engländerin würde für jede Situation ausreichen. Sie hatte die Lehren ihrer Mutter in Bezug auf so vieles andere verworfen, warum hatte sie sich nicht auch über

missachtet? Was für eine unwissende Närrin sie doch gewesen war.

Susannah legte ihren Kopf auf das Kissen. Sie war weit mehr Kind als Intlack. Warum hatte Simtlack geglaubt, sie könne eine Lehrerin sein? Was für ein Scherz! Intlack sah viel klarer als sie! Er war ehrlich genug gewesen, ihr zu sagen, dass er ihr Ableben bedauern würde. Bedauern! Das war das Höchste, was man hier empfinden konnte. Und warum sollten sie sich für so einen aufgeblasenen Idioten mehr als das interessieren! Sie stöhnte, zerrte am Kissen und wünschte, sie könnte ihrem eigenen Gehirn entkommen. Sie wünschte, sie könnte mit dem Rollen des Schiffes und der Stimme ihres Vaters aufwachen. Wenn sie sterben würde, könnte sie wenigstens wieder bei ihrem Vater sein.

Oder würde sie das? Plötzlich erschien ihr der einfache Verzicht auf alle religiösen Praktiken ungeheuer wichtig. Sie war ein so egoistisches Geschöpf gewesen, das nur das tat, was ihr gefiel. Sie hatte sich über die Ansprüche ihrer Mutter lustig gemacht, die dunklen Stimmungen ihres Vaters gemieden, Chiangs Hilfe für selbstverständlich gehalten

und sich über seine Sorgen lustig gemacht. Warum hatte er die Party verpasst? Sie würde ihn fragen müssen ... wenn sie jemals die Gelegenheit dazu bekäme. Wie egozentrisch sie doch war! Welches Höchste Wesen würde sie wollen? Schließlich warf sie sich auf die Knie und sprach das erste richtige Gebet seit Jahren: *Wenn du da bist, Gott, dann schick mir bitte Hilfe.*

Als sie aufwachte, sah es nicht besser aus. Sie hatte immer noch das Gefühl, eine wertlose Kreatur zu sein, die man am besten sofort töten sollte. Sie versuchte, eine Weile in ihrer Verzweiflung zu schwelgen, aber sie konnte es nicht. Sie wusste, dass es eine Antwort auf ihr Gebet geben würde. Sie wusste es. War das törichter Optimismus oder Glaube?

Als es an der Tür klopfte, hielt sie den Atem an. Obwohl sie wusste, dass es lächerlich war, stellte sie sich vor, dass draußen ein Priester stand - einer dieser Jesuitenmissionare, die sie auf ihren Reisen gelegentlich gesehen hatte. Ihre Mutter hatte sie immer vor ihnen gewarnt, da sie sie für Agenten des Teufels hielten. Ihr Vater hatte sie bewundert und gesagt, sie seien furchtlos, ganz gleich, für wen sie arbeiteten. Susannah wusste, dass man sie an allen möglichen und unmöglichen Orten finden konnte - warum nicht auch hier? Schließlich wurde ihr klar, dass derjenige, der geklopft hatte, auf die Erlaubnis zum Eintreten wartete. Sie räusperte sich, weil sie sich dumm vorkam, und sagte: "Bitte kommen Sie herein. Kommen Sie in meine Stube", fügte sie ein wenig hysterisch hinzu, "sagte der Spi..."

Ein Baum schlurfte langsam in ihre Zelle. Ein Baum mit verästelten Füßen und Armen und Stockhänden und einem rauen, verwitterten, dunkelbraunen Gesicht. Um das Gesicht herum war eine Menge Zeug, das wie Flechten aussah, und über dem Kopf waren Äste und Blätter, die an der Decke kratzten. Susannah und der Baum betrachteten sich einen Moment lang schweigend, und es schien ihr, als ob die bernsteinfarbenen Augen des Baumes in ihre Seele blickten.

Hast du Hunger?", fragte der Baum schließlich mit einer langsamen, ruhigen "Wir-haben-alle-Zeit-im-Universum"-Stimme.

Susannah schloss ihren Mund, dann öffnete sie ihn wieder. "Ja." Es schien das Höflichste zu sein

sagen.

Der Baum zog etwas, das wie ein Apfel aussah, von sich und reichte es ihr.

ihr. "Garantiert wurmfrei", sagte er, und seine großen braunen Lippen verzogen sich zu einem Lächeln.

"Was ist das?"

Die Augen des Baumes weiteten sich. "Ein Apfel!"

Sie biss in den Apfel, und das Knirschen ihrer Zähne spiegelte das Geräusch der Lippen des Baumes wider. Sie schlürfte, um den ganzen Saft aufzusaugen. Sie knabberte bis zum Kerngehäuse.

Der Baum schien sich zu freuen und stellte seine großen Füße weit auf, als ob er sich für ein oder zwei Jahrhunderte niederlassen wollte, und wackelte mit seinen Armen und Ästen und schüttelte sein Haar und seinen Bart. Flechtensträhnen schwebten zu Boden. "Ahh! So ist es besser. Wir haben noch viel zu reden."

Susannah wollte das Kerngehäuse hinlegen, aber der Baum hielt ihr eine große Hand hin. Sie legte das Kerngehäuse in die Hand, fühlte die raue Beschaffenheit, roch die Früchte und den Wald.

Der Baum entsorgte das Kerngehäuse irgendwo in seinem Inneren. "Nichts im Universum endet jemals vollständig."

Susannahs unstillbare Neugierde stieg auf - wie Saft, dachte sie und konnte sich nicht zurückhalten. "Darf ich fragen, wer du bist?"

"Ich bin Morabalateerashimistan. Da du zu der Spezies mit der kurzen Geduld gehörst, darfst du mich Morabal nennen."

"Was für ein Geschöpf bist du? Wenn ich das fragen darf?"

"Es stört mich nicht, dass du mich überhaupt etwas fragst. In der Sprache meiner Heimatwelt nennt man mich mit einem Wort, dessen Aussprache so lange dauern würde, dass du mehrmals schlafen und aufwachen würdest, bevor ich fertig wäre. Ihr könnt mich also als einen Baum betrachten." Morabal zwinkerte ganz langsam. Seine Augenlider glänzten sanft mit einer wunderschön wirbelnden Maserung.

Susannah ertappte sich dabei, dass sie schnell blinzelte, so als wollten ihre Augen den Unterschied zwischen ihnen betonen. "Warum bist du zu mir gekommen?"

"Eine Seele, die Schmerzen hat, hat zu mir geschrien."

"Sind Sie ein - ein Priester?"

"Das ist ein Name, der mir nicht geläufig ist.

"Ein religiöser Mensch?"

Das große Gesicht runzelte sich. "Ich bin nicht sicher, dass ich -"

"Sind Sie jemand, der sich Gott, oder dem Allmächtigen, oder dem Schöpfer, oder wie auch immer Sie ihn nennen wollen, außerordentlich nahe fühlt und der sich durch diesen Glauben gezwungen fühlt, seinen Glauben mit anderen zu teilen -

unabhängig davon, ob sie ihn hören wollen?" Susannah stand auf und schritt ungeduldig im Raum umher. "Bist du jemand, der anderen vorschreibt, was sie zu tun und zu lassen haben?"

Der Baum seufzte, eine böige Brise, die nach Pfirsichen roch. "So viele gegenteilige Erklärungen." Es gab eine Pause, als ob Morabal die Antworten auf ihre Fragen erst wachsen lassen musste. "Wir alle sind Gott nahe, wie du es nennst. Wir alle schenken diesem Wesen auf unsere eigene Weise Beachtung. Wir alle tun, was wir tun müssen. Wir..."

"Ich denke, Sie müssen ein Priester oder ein Pfarrer sein. Sie sprechen um die Frage herum, aber Sie sprechen zu langsam, um ein Philosoph zu sein."

Die großen Lippen des Baumes klafften wieder auf. "Ich spreche langsam, junge Frau, weil ich ein Baum bin. Es ist meine Natur, langsam zu sein. Genauso wie es deine Natur ist, dich zu unterbrechen, weil du so schnell ungeduldig wirst und in der Aufregung des Lebens reifst."

Susannah setzte sich mit einem dumpfen Schlag hin. Sie war unerträglich unhöflich, und das Baumwesen wurde nicht wütend. Ihre Mutter wäre entsetzt über diesen Umgang mit einem Besucher. *Ein Besucher in meiner Zelle, Mutter!* schrie Susannah in ihrem Kopf. *Lass mich in Ruhe mit deinen Ermahnungen zu meiner Etikette. Gute Manieren haben mir seit Vaters Tod nichts mehr genützt, und hier nützen sie mir erst recht nichts!* Sie schüttelte den Kopf und versuchte, die Erinnerung an einen Salon in England zu verdrängen, in dem ihre

Mutter kritisierend mit einer Teetasse in der Hand saß.

"Ich würde es vorziehen, wenn wir uns unter diesen Umständen weniger aufregen würden", schnauzte sie. Dann richtete sie sich abrupt auf, als ihr etwas einfiel. "Bist du als mein Beichtvater gekommen? Weil - weil ich hingerichtet werden soll? Ist dies mein letztes Geständnis?"

Der Baum seufzte erneut, und die Äste zitterten, und die Blätter raschelten. "So viele Gedanken in so großer Eile." Er hielt vorsichtig inne. "Ich weiß nichts von einer Tötung. Ich bin gekommen, weil ich ein Bedürfnis verspürte. Hast du ein Bedürfnis zu gestehen?"

"Ahh! Unumstößliche Wahrheit! Du bist ein Priester!" Sie stand wieder auf und drehte dem Baum den Rücken zu, während sie die zwei Schritte zur Mauer ging. Dann wirbelte sie herum und schritt zurück, wobei sie mit den Füßen auf den Boden knallte. "Ich habe Gott um Hilfe gebeten." Die Worte sprudelten unaufgefordert aus ihr heraus. "Ich hätte wohl eine Aufforderung zur Beichte erwarten sollen." Sie blickte zu Morabal auf und war fasziniert von dem Zusammenziehen seiner riesigen, zotteligen, blassgrünen Augenbrauen.

"Ich stelle keine Forderungen an dich." Der große Kopf schüttelte nachdenklich. "Ich bin hier, weil ich ein Bedürfnis verspürte. Was brauchst du?"

Scham überkam sie. Morabal hatte keine Forderungen gestellt. Sie hatte das Thema "Beichten"

angesprochen, und darüber war sie wütend. Denn sie hatte etwas zu beichten. Und das wollte sie auf keinen Fall sich selbst eingestehen, schon gar nicht vor einem fremden Wesen. Sie schlug die Hände vor ihr Gesicht, zitterte und rang nach Kontrolle.

"Loslassen."

Sie drehte ihm den Rücken zu, warf den Kopf hoch und schluckte durch eine enge Kehle.

"Lass los!" Seine Stimme war wie das Knacken eines riesigen Astes, der bricht.

Susannahs Kontrolle brach mit ihr, der Sturm brach mit voller Wucht über sie herein. Sie hielt sich die Hände vors Gesicht und versuchte, die Flut einzudämmen, aber das salzige Wasser rann ihr durch die Finger. Schwach nahm sie ein Knarren und Rascheln hinter sich wahr, dann berührte etwas Weiches ihre engen, nassen Finger. Eine riesige, braune Hand erschien vor ihr. Sie hielt ihr eine Matte aus Flechten vor das Gesicht. Sie starrte es verständnislos an, schluchzte und keuchte. Morabal drehte sie sanft um. Der Baum wischte ihr das Gesicht mit der Flechte ab und zog sie dann vorsichtig an seinen rauen, schuppigen Stamm. Die Tränen flossen weiter. Ein paar Blätter fielen auf sie herab, während der Baum sie sanft streichelte und beruhigende Geräusche von sich gab.

Sie weinte, was ihr wie Jahre vorkam. Schließlich stieß sie sich ab und wischte sich mit der Flechte über das Gesicht. Sie schnäuzte sich die Nase und holte tief Luft.

"Ja", stieß sie hervor. "Ich habe Dinge zu beichten." Die Worte lösten einen weiteren Sturm aus, einen Orkan aus Schuldgefühlen und Selbstmitleid. Morabal wartete. Als sie sich wieder beruhigt hatte, begann Susannah zu sprechen.

Sie fing an und redete und weinte und aß Äpfel und redete noch mehr, bis sie ihr scheinbares Ende erreicht hatte. Morabal hörte zu. Mit einem kleinen, feuchten Lächeln blickte sie zum Baum hinauf. "Ich habe dir alles über mich erzählt, und ich weiß nicht einmal, ob du ein männlicher oder ein weiblicher Baum bist."

Der Spalt von Morabals Lächeln erschien. "Das ist nicht einmal für andere

Bäumen."

Susannahs Augen weiteten sich, aber sie beschloss, dieses Thema nicht weiter zu verfolgen. Sie lächelte.

"Warum fühle ich mich besser? Meine Umstände haben sich nicht geändert."

"Nein?"

"Ich bin mit Sicherheit kein besserer Mensch, als ich es vor deinem Eintritt war. Und ich bin immer noch eine Gefangene."

"Du bist kein so schlechter Mensch, wie du dir selbst eingeredet hast, bevor ich hereinkam."

"Bin ich das nicht?"

"Sind Sie es?"

Susannah lächelte. "Du bist eine Philosophin. Du stellst viel mehr Fragen als du beantwortest."

"Ich weiß nicht, was ein 'Philosoph' ist. Aber ich weiß, dass Fragen gut für die Seele sind. Wer alle Antworten hat, beginnt bald, zu sehr auf die vermeintlichen Fehler der anderen zu achten."

Sie dachte darüber nach. "Welche Fragen hast du?"

"Bist du so ein schlechter Mensch, wie du dir selbst eingeredet hast, bevor ich kam?"

Sie lachte wieder und fühlte sich frei. "Du wirst nicht zulassen, dass ich dir wieder ausweiche."

"Nein. Ich werde warten, bis ich weiß, dass du dir selbst geantwortet hast. Du brauchst es mir nicht zu sagen. Ich werde es sehen." Morabal setzte sich wieder auf große Füße.

Susannah sah auf ihre Hände hinunter und versuchte, leise zu sprechen. "Zweifellos gibt es Menschen, die größere Fehler haben als ich."

Morabal erschreckte sie mit einem donnernden Brüllen: "Nimm dich in Acht! Beurteile dich nur nach deinem

nur nach deinem eigenen inneren Maßstab, Susannah Rebecca Chambers McKay! Vergleichen führt nur zu

Unzufriedenheit, entweder mit sich selbst oder mit anderen. Was sollst du sein?"

"Ich - es tut mir leid." Susannah kaute auf ihrer Lippe. "Intlack und ich haben eines Tages darüber gesprochen

- über andere zu urteilen. Aber ich stelle fest, dass ich für mich selbst keine Maßstäbe habe. Man hat mir immer nur beigebracht, zu vergleichen." Sie blickte flehend zu dem Baum hinauf.

"Ich kann dir nicht sagen, wie du Susannah sein sollst. Ich weiß nur, wie man Morabalateerashimistan ist - und ich bin noch dabei, das zu werden." Morabal streckte die langen Äste aus und raschelte mit ihnen. "Aber du stellst jetzt die Fragen. Das ist gut so. Du siehst, dass du keine gute oder schlechte Susannah sein kannst, wenn du keinen Maßstab hast, an dem du dich orientieren kannst. Das ist eine schöne Sache, die man lernen kann." Morabal zog erst einen Fuß hoch und schüttelte ihn, dann den anderen. "Es ist Zeit." Der Baum drehte sich knackend und krachend zur Tür. "Ich helfe jeden Tag bei den Gottesdiensten, für jeden, der daran teilnehmen möchte. Kommst du mit?"

"Du verlässt mich?"

Morabal lächelte. "Manche Fragen erforscht man am besten im Stillen. Kommst du mit?"

Susannah blickte auf in die bernsteinfarbenen Augen. Es war so anders, als in Snactyls Augen zu sehen. Morabal schien in sie hineinzusehen und das, was er fand, sanft festzuhalten und zum Wachstum zu ermutigen. "Es wäre mir eine Freude zu kommen - wenn ich kann."

"Vielleicht möchtest du diese hier?" Ein paar Äpfel wurden ihr hingehalten.

"Danke!" Morabal wandte sich schwerfällig der Tür zu. "Morabal!" Der Baum drehte sich zurück, ohne ein Zeichen von Ungeduld. "Wenn sie sich entschließen sollten, mich hinzurichten, würdest du mich dann begleiten?"

"So weit es mir möglich ist." Morabal schlurfte hinaus.

Susannah starrte auf die Tür. Ihre Gedanken schienen klar und undeutlich zugleich. Sie fühlte sich gezwungen, etwas zu tun, aber es war sehr verwirrend für sie. Dies war erst das zweite richtige Gebet in ihrem Leben. Das erste war ziemlich schnell erhört worden. Gab es wirklich einen Gott? Hörte ein solches Wesen wirklich auf sie? Und wenn ja, warum? Und warum? Die Antworten blieben aus, aber der Impuls war immer noch da.

Sie fühlte sich unbeholfen und dumm und kniete nieder. "Wenn es Dich gibt und Du mir zuhörst", sie hielt inne, schluckte und fuhr fort, "dann tut mir alles leid, was ich getan habe, was Dich beleidigt haben könnte. Mein Leben war voller Wunder - vor allem in letzter Zeit - und ich habe es kaum zu schätzen gewusst." Sie hielt inne, um ihren Mut zu sammeln. Was wäre, wenn dieses Gebet genauso schnell erhört würde wie das andere? Wollte sie das wirklich? "Bitte ... bitte hilf mir, ein besserer Mensch zu werden. Und - wenn es nicht zu viel Mühe macht - gib mir etwas Zeit, um das zu tun. Bitte lass mich leben." Sie setzte sich auf ihr Kopfkissen und versuchte zu hoffen.

Chapter 11

Susannah fragte sich, ob ihr neu gefundener Frieden anhalten würde, wenn man sie zum Töten brachte. Sie war sich jetzt sicher, dass sie sie töten würden. Sie konnte sich keinen Grund vorstellen, warum sie das nicht tun sollten, besonders nach dieser langen Gefangenschaft. Sie fragte sich, wie lange sie schon war ... Nach einer Weile versuchte sie zu schlafen, aber sie hatte nicht gelernt, sich mit ihren neuen Gedanken anzufreunden. Außerdem rülpste sie ständig Äpfel auf.

Sie fühlte sich schon etwas schwindlig, als sich plötzlich die Tür öffnete. Chiang schlüpfte herein und trug ein großes Bündel. "Ich weiß nicht, was du zu ihm gesagt hast, aber Intlack hat angeordnet, dass du saubere Kleidung bekommst, und ich habe Thorty überredet, dass ich sie dir bringen darf." Er warf das Bündel hin.

Sie hob ein benommenes Gesicht zu ihm. "Oh, Chiang, ich danke dir! Ich danke dir! Und, Chiang", sie reichte ihm die Hand, "bitte nehmen Sie meine aufrichtige Entschuldigung für die Art und Weise an, wie ich vorhin mit Ihnen gesprochen habe. Es tut mir zutiefst leid, wie ich mich verhalten habe, seit ich an Bord bin. Ich habe Ihnen Ihre Aufgabe so viel schwerer gemacht, als sie hätte sein sollen."

Er starrte sie an. "Willst du nicht deine sauberen Sachen anziehen? Sie sind ja ganz schmutzig."

Susannah stellte erfreut fest, dass sie keine Wut über diese unverblümte Aussage empfand.

Vielleicht hatte sie sich wirklich schon verändert! Auf jeden Fall stimmte es. Ihr hübsches Partykleid war zerrissen und mit Sumpfschlamm besudelt, und ihr Haar fiel ihr in schmutzigen Büscheln den Rücken hinunter. "Es scheint sinnlos zu sein, ohne vorher zu baden", seufzte sie.

Chiang schnitt eine Grimasse. "Ich werde versuchen, es zu arrangieren."

"Oh, nein! Das habe ich nicht so gemeint! Bitte tun Sie nichts mehr für mich. Du hast schon so viel getan! Und ich habe es dir so schwer gemacht."

Er schaute sie misstrauisch an. "Warum sprichst du so?"

"Ich drücke mein Bedauern aus."

Er drehte sich um und sah ihr nicht in die Augen. "Das ist nicht nötig."

"Für mich schon. Was auch immer mit mir geschieht, ich möchte ein reines Gewissen haben." Sie

sagte es so ruhig, dass sie sich selbst überraschte.

Und sie verblüffte Chiang. "Ein reines Gewissen?"

"Ist Ihnen das Konzept fremd?" Sie hielt den Atem an. "Verzeihen Sie mir. Ich habe wenig Übung darin, meine Zunge im Zaum zu halten. Aber ich werde daran arbeiten, mich zu bessern. Solange ich dazu in der Lage bin."

"Solange du in der Lage bist ... Ahh! Ich glaube, ich beginne zu verstehen. Beichte und Sühne. Ich erinnere mich an einen Missionar, der viele Menschen in meinem Dorf bekehrt hat ... vor langer, langer Zeit." Er lehnte sich gegen die Wand. "Nun, wenn du versuchst, höflich zu sein, werde ich versuchen, es zu genießen. Obwohl ich mir nicht sicher bin, was schlimmer ist - deine frühere Unhöflichkeit oder deine jetzige falsche Demut."

"Falsch! Falsch!" Sie setzte sich aufrecht hin. "Ich neige nicht zur Falschheit, du ..." Sie schnappte sich den Mund zu. Er grinste. "Das hast du absichtlich gemacht. Nun ja. Ich kann nicht leugnen, dass ich Zeit brauchen werde, um unglückliche Tendenzen zu verlernen. Zeit, die ich vielleicht nicht habe --"

Chiang richtete sich wütend auf. "Was ist das, eine Abschiedsrede?"

"In gewisser Weise. Ich habe dir doch gesagt, dass ich mich entschuldigen möchte -"

"Wofür? Dafür, dass du einen Job angenommen hast, den ich dir angeboten habe? Dafür, dass du versucht hast, Informationen herauszufinden, die ich dir hätte geben sollen? Dafür, dass ich auf einer Party, zu der ich dich hätte begleiten sollen, in Schwierigkeiten geraten bin?"

"Bitte mach dir keine Vorwürfe", sagte sie sanft. "Das tue ich nicht."

"Ha! Ersparen Sie mir Ihre Hochnäsigkeit! Ich habe genauso viel Recht auf ein Geständnis wie du." Er ging in die Hocke und beugte sich zu ihr, seine braunen Augen leuchteten hart. "Weißt du, was auf meinem ersten Schiff passiert ist? Nein, natürlich weißt du das nicht. Das ist eines der vielen Dinge, die ich dir nie erzählt habe. Hätte ich es dir erzählt, hättest du dich vielleicht weniger wie ein Kind im Urlaub verhalten. Ich wurde als Assistent des Sekretärs einer Diplomatenfamilie rekrutiert. Nicht Shill - eine andere Spezies. Nicht so wichtig, nicht so reich, und nicht so tolerant. Sie wählten mich aus, weil sie zufällig in der Nähe der Erde waren, als der frühere Sekretär getötet wurde, weil ich ein Talent für Sprachen habe und weil ihre Scans zeigten, dass ich in der Lage war, schnell zu lernen. Außerdem hatte ich, wie du, keine Verwandten, die mein Verschwinden bemerkt hätten.

"Und wie Sie habe ich mich sofort darauf gestürzt, weil ich mir meiner Anpassungsfähigkeit so sicher war und mich so sehr über diese Chance gefreut habe!" Er spuckte das Wort aus. "Zu spät fand ich heraus, dass ich praktisch ein Sklave war, wie der Assistent vor mir, in einem System, das dem Feudalsystem in der Geschichte Ihres Großbritanniens sehr ähnlich war. Mein Vorgänger hatte den Fehler gemacht, einen Fluchtversuch zu unternehmen, und war getötet worden.

"Die Person, die für meine Orientierung zuständig war, wurde als vollkommen verantwortlich für mich angesehen. Als ich also Mist baute - und ich werde Ihnen nie die Einzelheiten verraten - wurde sie dorthin versetzt, wo Sie jetzt sitzen. Und getötet. Und ich habe ihren Job bekommen." Er sah aus, als würde ihm gleich schlecht werden. Susannah wagte nicht, etwas zu sagen. "Das einzig Gute daran war, dass es mir im Laufe meiner Tätigkeit gelungen ist, Simtlack zu beeindrucken, der mich mehr oder weniger requiriert hat. Simtlacks Ansichten sind ein wenig aufgeklärter als die meines vorherigen Arbeitgebers. Er macht Sie für Ihre Taten verantwortlich und nicht mich." Er stand auf, und sie konnte die Tränen in seinen Augen sehen. "Du gehst morgen zur Gerichtsverhandlung." Er ging.

"Das Urteil", flüsterte Susannah. "Und ich habe wieder vergessen zu fragen, warum er die Party verpasst hat."

Susannah träumte, dass sie auf dem Schiff ihres Vaters schlief; in ihrem Traum träumte sie, und in ihrem Traum im Traum sah sie einen Engel. Der Engel war der ziemlich strenge Michael, der in den Glasmalereien der Kirche abgebildet war, die ihre Mutter bevorzugt hatte. Er hielt mit einem muskulösen Arm ein Schwert hoch und sah mit offensichtlicher Zufriedenheit zu, wie sein Bruder Luzifer in die Hölle stürzte. Susannah hatte sich immer gefragt, wie ein Bruder froh sein konnte, einen Bruder fallen zu sehen. Sie hatte immer das Bild von Raphael vorgezogen, der im Fenster gegenüber auf seiner Laute spielte. Aber Michael war derjenige, der ihr erschien.

"Du hast darum gebeten, zu leben." Er hatte sein Schwert nicht dabei, aber seine Stimme war genauso scharf und tief schneidend. Stählerne dunkle Augen blickten auf sie herab, unvorstellbares Wissen leuchtete in ihnen.

"Ja", flüsterte sie.

"Warum?"

"Warum?"

Michael nickte streng, und seine Flügel hoben und senkten sich mit der Bewegung seines Kopfes.

"Ich schätze mein Leben! Das Leben ist - begehrenswert. Soll ich es nicht wertschätzen?"

Das lange Gewand des Engels schimmerte. "Nicht jeder tut das."

Das erinnerte sie an das Fenster in der Kirche: der schwarze Glanz, der Luzifer war, fiel in das glühende orangefarbene und rote Glas, das das Feuer der Hölle war. Susannah platzte heraus: "Warum hast du nicht um deinen Bruder getrauert? Hast du kein Familiengefühl?"

Michaels Flügel flogen in die Höhe, und seine Augen ließen das Silber seines Schwertes aufblitzen. "Du stellst mich in Frage?"

"Ja." Susannah bebte in ihrem Bett.

Michael lächelte. Sein Lächeln war grimmig und schrecklich. "Junge Frau. Du wirst eine gute Kämpferin für den Herrn sein. Aber du musst lernen, deine Schlachten zu wählen und deine Gegner zu kennen. Für deinen ersten Kampf gebe ich dir diesen Rat: Verteidige dich nicht. Du kennst deinen Gegner nicht."

"Aber - ich dachte, du hättest gesagt, ich solle ein Krieger sein."

"Ein Krieger muss Nachsicht üben." Er schenkte ihr ein königliches Nicken und schwang seine Flügel weit. "Und wisse auch dies - du hast dir noch nicht das Recht verdient, einen Erzengel in Frage zu stellen." Er flog in einen stürmischen Himmel, und ein Donnerschlag weckte sie aus ihrem Traum im Traum.

Ihr Vater beugte sich über sie.

"Oh, Papa, ich habe dich so vermisst!"

Ihr Vater streichelte sie sanft. "Geh das Risiko ein, mein Schatz!" Er lachte und sein Lachen verwandelte sich in den Schrei einer Möwe. Ihr Vater, die Möwe, flog in die Luft.

"Aber, Papa! Ich brauche dich lebend!"

"Niemand stirbt, der das Leben wählt, mein Schatz!"

Sie wachte weinend auf, weil er weggeflogen war.

Einige Zeit später brachte der, den Chiang Thorty genannt hatte, eine kleine Wanne mit mehreren großen, nassen, schwammartigen Rechtecken.

Susannah stieß einen Schrei der Freude aus. Sobald er aus der Tür war, zog sie sich ihre schmutzige Kleidung aus und wusch sich. Die großen Schwämme schienen einen unbegrenzten Vorrat eines feuchten Reinigungsmittels zu enthalten, das herrlich duftete und die schlimmsten Flecken beseitigte. Es fühlte sich so wunderbar an, dass sie es riskierte, sich Zeit zu lassen, obwohl sie befürchtete, Thorty würde zurückkommen, bevor sie fertig war.

Als sie sich vergewissert hatte, dass sie so sauber wie möglich war, zog sie ihre neue Kleidung an (alles hellgrau) und setzte sich hin, um zu warten. Sie brauchte sich keine Sorgen zu machen, unterbrochen zu werden. Sie hatte mehr als genug Zeit, um über Möwen, Engel, Bäume und das Leben nachzudenken und sich zu fragen, ob sie den Rat des Traumengels ernst nehmen sollte.

Schließlich kam Snactyl zu ihr. Wie die Schlange die Tür geöffnet hatte, wusste Susannah nicht. Susannah sah niemanden außer Snactyl, der hereinschlüpfte und sie mit seinen Augen zu fixieren versuchte. Susannah wandte sich der Schlange zu, wobei sie die Augen abwandte, und sagte: "Ich bin bereit."

"Da bin ich ganz und gar skeptisch." Die Schlange wiegte ihre lange Gestalt hin und her, als würde sie Musik hören.

Susannah hielt sich an ihren neu gewonnenen Überzeugungen fest. "Ich weiß, dass du mich nicht magst, Snactyl, aber wenn ich dich in irgendeiner Weise beleidigt habe, tut es mir leid."

"Sss sss." Susannah brauchte einen Moment, um zu merken, dass die Schlange lachte. "Das vermute ich auch! Ich bin eine gefährliche Kreatur, wenn man mich beleidigt, wie du jetzt siehst!"

Susannah seufzte. Snactyl würde niemals glauben, dass es ihr aus einem anderen Grund als Eigennutz leid tat. "Geh voran, Macduff."

"SSss?"

"Zeigen Sie mir den Weg. Bitte."

Die Schlange drehte sich um und schlängelte sich durch die noch offene Tür hinaus. Im Korridor hielt sie inne, bis Susannah zu ihr aufgeschlossen hatte, und schlängelte sich dann an ihrer Seite, bis sie eine rot verhangene Tür erreichten. Sie gingen Seite an Seite hindurch, wie die besten Freunde. Der Gerichtssaal war kreisförmig, mit einem Podest in der Mitte. Es gab keine Zuschauer. Die einzigen anwesenden Kreaturen waren diejenigen, die sie kannte. Zeugen, nahm sie an.

Und Morabal war auch da, wie sie erleichtert feststellte. Als sie den bernsteinfarbenen Augen begegnete, blinzelte der Baum. Susannah holte tief Luft und schritt zielstrebig auf die Familie zu, die auf der Plattform stand. Als sie vor ihnen zum Stehen kam, sah sie, dass die Creeks ebenfalls dort waren. Ihre stumpfgrauen Felle waren kaum zu erkennen. Susannah fragte sich, wie sie ihren Status bei den Shill gefunden hatten. Dann umkreiste Snactyl sie, und sie unterdrückte ein Schaudern, als der Kopf der Schlange hüfthoch an ihrer linken Seite schwebte.

>Du wurdest beim Spionieren festgenommen<, knurrte Simtlack. >Sie sind verurteilt worden. Haben Sie noch etwas zu sagen?<

Susannah schnappte nach Luft. "Und ob ich das habe! Was soll das heißen, verurteilt? Sie haben mich nicht besucht! Ihr wisst nichts über meine Sichtweise!"

>Du hast Snactyl gesehen. Und Snactyl hat mich gesehen.

"In meiner Welt ist es üblich, dass der Angeklagte seinem Richter gegenübersteht, wenn er verurteilt wird!"

>Das ist nicht deine Welt, Mensch. Ein Punkt, an den du dich anscheinend nur schwer erinnern kannst. Du wurdest durch deine eigenen Taten verurteilt. Sie stehen jetzt vor mir. Was haben Sie zu sagen?<

Susannah öffnete ihren Mund - und schloss ihn wieder. Sie erinnerte sich deutlich an die Worte des Engels: Verteidige dich nicht. Was soll ich dann tun? jammerte sie innerlich. Man sagte ihr immer wieder, dies sei nicht ihre Welt, aber ... "In meiner Welt ist es üblich, dass die Angeklagte jemanden hat, der für sie spricht." Sie kämpfte darum, ihre Hände nicht zusammenzupressen, ihre Worte ruhig und vernünftig zu halten.

>Das hier<, brüllte Simtlack, und Susannah trat einen Schritt zurück, wobei sie fast auf Snactyl trat, >ist

nicht deine Welt!< Er blieb plötzlich stehen, und seine Tentakel schwenkten auf Cheetlon zu. >Ich bin Shill. Ich kann versuchen, barbarische Verhaltensweisen zu ergründen, zu tolerieren und zu ertragen. Warum sind die Angeklagten auf eurer Welt nicht in der Lage, für sich selbst zu sprechen?<

"Die Angeklagten sind oft ängstlich und mit den Gepflogenheiten des Gerichtssaals nicht vertraut. As I am. Ein anderer Redner, ein Redner, dessen Schicksal nicht vom Ergebnis abhängt, ist vermutlich besser in der Lage, rational zu denken und zu sprechen."

Simtlacks Tentakel zeigten einen Moment lang zur Decke. >Es gibt nichts Komplexes an unseren Urteilsverfahren. Und Sie scheinen mir rational zu sein. Dennoch sage ich mit Nachdruck, dass ich barmherzig/nachsichtig/großmütig sein werde. Wen möchten Sie für Sie sprechen lassen?<

Susannah holte tief Luft. Sie dachte, dass sie Simtlack vielleicht eines Tages umarmen könnte. Selbst als ihr der Gedanke durch den Kopf ging, war sie froh, dass sie einen Schutzschild hatte, der ihn vor Simtlack verbarg. *Was soll ich jetzt tun?* fragte sie sich und suchte verzweifelt den Raum ab. Sie sah, dass Chiang sie beobachtete. Er dachte, sie würde sich für ihn entscheiden, aber seine Augen verrieten seine Hoffnungslosigkeit. Susannah sah weg. Sie sah Morabal. Die Augen des Baumes weiteten sich, und er raschelte unruhig. Susannah musste fast lachen. Sie zwinkerte dem Baum zu und schaute weiter. Dories winzige Hände hielten ihre Decke fest umklammert.

Sie hat Angst um mich, dachte Susannah. Dann erinnerte sie sich an den Rest ihres Traums. Ihr Vater hatte gesagt: "Geh das Risiko ein." Welches Risiko?

Susannah sah Intlack auf dem Bahnsteig neben seinem Vater. Er kannte ihren Blickwinkel. Er war nicht hoffnungslos oder verängstigt. Er war jung und fremd. Das war das Risiko, das sie eingehen würde.

"Ich wähle Intlack."

Intlacks Tentakel zeigten auf sie. Sie konnte die Anspannung in seinem Nacken sehen. Sie schüttelte hastig den Kopf. Sie sah, wie er den Ausbruch, den er gerade machen wollte, unterdrückte. Sie wunderte sich über sich selbst, dass sie in der Lage war, die Gefühle dieses Schneckenkindes zu ermessen. Noch mehr wunderte sie sich über die Freude, die sie empfand, als sie Intlacks Selbstbeherrschung sah.

Simtlack bewegte sich auf sie zu. Susannah war erschrocken, als sie spürte, wie Snactyl sich zusammenzog, als ob die Schlange wünschte, sie könnte ihre Position aufgeben. Snactyl, Angst vor Simtlack? Verspätet erinnerte sich Susannah an das, was Intlack ihr über den Schmerz erzählt hatte, den Simtlack ihr zufügen konnte. Sie bemühte sich, die Fetzen ihrer Nerven zu bewahren.

Simtlacks Tentakel kamen ihrem Gesicht zum Greifen nahe. Sie hatte sie noch nie so nah gesehen. Sie waren weitaus fesselnder als Snactyls Augen. Sie waren von einem leuchtenden Smaragd, der sich schnell zu einem tiefen, dunklen Grün verdunkelte.

Sie spürte einen stechenden Schmerz, dann einen scharfen Druck, dann einen heftigen, heißen Stich; der Schmerz war so stark, dass sie gegen die Schlange fiel. Snactyl schlängelte sich zischend von ihr weg, und Susannah krümmte sich stöhnend auf dem Boden.

Intlack schob sich vor. >Vater. Ich möchte der Bitte des Lehrers nachkommen.<

>Warum?<

>Wir haben den Lehrer hergebracht, Vater.

>Wir?<

>Wir Shill. Wenn sie mit unseren Sitten nicht vertraut ist, sind wir dafür verantwortlich. Es ist nicht die Schuld des Lehrers, dass sie zu langsam ist, um von uns zu lernen.

>Sollen wir also ihren Lehrer beschuldigen?

>Nein, Vater. Wir sind für sie verantwortlich. Ich gestehe, dass ich mich gefragt habe, warum du sie herbeigerufen hast ... Ihre Spezies ist bekanntermaßen impulsiv.

Susannah hielt den Atem an und fragte sich, warum sie dieses Gespräch mit anhören konnte, aber sie war dankbar, dass sie es konnte. Was auch immer dabei herauskommen mochte, sie würde es nicht bereuen, an der Erziehung dieses jungen Wesens mitgewirkt zu haben.

>Bist du zu einem Ergebnis gekommen, mein Sohn?<

>Ich bin zu dem Schluss gekommen, dass ihre Bitte vernünftig ist.<

Simtlack schwieg. Seine Tentakel zeigten in Richtung Cheetlon, und dieses Gespräch konnte Susannah nicht hören. Doch nach einem Moment sagte er nur: >Sehr gut.< Und er wich von Susannah zurück. >Sprich.<

Susannah setzte sich auf und erhob sich dann langsam auf ihre Füße und starrte Intlack an. Jetzt, wo er es tun konnte, wusste sie offensichtlich nicht, was sie sagen sollte. Sie hielt den Atem an.

>Der Lehrer behauptet, dass er nicht spioniert hat.<

>Der Lehrer wurde im Sumpf gesehen.<

Susannah starrte Simtlack an. Sie hatte den deutlichen Eindruck, dass er sich jetzt amüsierte.

>Der Lehrer behauptet, er sei in den Sumpf gegangen, um Snactyl zu entkommen.

Susannah spürte Snactyls Bewegung direkt hinter sich, aber die Schlange nahm weder ihre frühere Position ein, noch wagte sie es, sie zu unterbrechen.

>Warum sollte ein Unschuldiger Snactyl ausweichen?<

>Die Lehrerin behauptet, dass Snactyl sie erschreckt hat. Snactyl hat versucht, sie zu untersuchen. Wir wissen, dass Snactyls Sondierung sehr grob sein kann. Einem schwachen Menschen erscheint das furchtbar.<

>So. Das erklärt aber nicht das Spionieren.

>Die Lehrerin behauptet, dass sie versucht hat, den Sumpf zu durchqueren, um Snactyl zu entkommen.

>Den Sumpf zu durchqueren?

>Die Lehrerin wusste nicht, dass das unser

Treffpunkt war.

>Warum wusste sie das nicht?<

Chiang trat vor. "Es war meine Pflicht, sie zu informieren. Ich wollte es zu Beginn des Festes tun, aber ich war - unpässlich."

>Was für eine Unpässlichkeit war das?<

Chiang schluckte. "Ich hatte zu viel Ziltlur

getrunken."

Simtlack sah Chiang einen Moment lang an.

Das ist also passiert, dachte Susannah. Er hatte sich vor der Party betrunken.

Sie betrachtete Chiang nachdenklich, während Simtlack fortfuhr: >Dieser übermäßige Genuss von Spirituosen muss aufhören.<

"Ja, Sir."

>Fahre fort, mein Sohn.<

>Die Lehrerin dachte, sie könnte auf die andere Seite des Sumpfes gehen, zu ihren Freunden zurückkehren, und Snactyl würde sie nicht finden.<

>Snaktyl fand nicht, wen sie suchte?<

>Wir wissen, dass die Lehrerin manchmal töricht ist und einen undisziplinierten Geist hat.

>Wahr.<

Susannah seufzte.

>Als die Lehrerin zu unserem Treffpunkt kam, versuchte sie, sich zurückzuziehen. Sie rutschte aus und fiel in den Schlamm.<

>Viel Ungeschicklichkeit.<

>Du hast sie über Snactyl stolpern sehen.

>Ja.<

Simtlacks Tentakel drehten sich in die Richtung der Gatter. Sie rülpsten und rülpsten wie ein brodelnder Kessel. Simtlack sah Intlack an. >Die entscheidende Frage ist: Was hat sie gehört?<

Chapter 12

Intlack schwieg einen langen Moment, und Susannah schlurfte unruhig umher. Snactyl bewegte sich und Susannah blickte sie an. Sie war leicht amüsiert, als sie sah, wie die Schlange ängstlich auf Susannahs Füße blickte.

Intlack sagte schließlich: >Die Lehrerin hat etwas gehört.<

Die Creels gaben ein paar blähende Knallgeräusche von sich und ein saurer, sumpfiger Geruch waberte durch den Raum.

>Ich werde nur dir und Mutter erzählen, was der Lehrer gehört hat.

Eine endlose Zeit lang wartete Susannah, der Gerichtssaal war still, bis auf das Rülpsen der Creels. Susannah versuchte, Chiang dazu zu bringen, ihr in die Augen zu sehen, aber er wollte nicht. Sein Gesicht sah feucht aus. War es Schweiß oder Tränen?

Endlich regte sich Simtlack. >Ich werde mit den Creels sprechen.<

Susannah schlurfte mit den Füßen. Snactyls Schwanz zuckte. Susannah blickte in die Gesichter ihrer Freunde. Morabals bernsteinfarbene Augen begegneten den ihren ruhig. Sie versuchte, etwas von dieser geduldigen Erwartung aufzusaugen. Plötzlich erinnerte sie sich an einen Teil einer Bibelstelle, die sie als Kind gelernt hatte: Für alles gibt es eine Zeit. Der Baum verkörperte das. Für jeden Zweck unter dem Himmel gibt es eine Zeit. Galt das auch, wenn man sich im Himmel befand?

Simtlacks Stimme riss sie aus ihrer Träumerei.

>Wir haben festgestellt, dass das, was wir gehört haben, unwesentlich war.

Ein Hauch von Seufzen ging durch den Saal. Susannah starrte ihn an und wagte kaum zu hoffen.

>Die Creels wollen sicher sein, dass sie nur das gehört hat.<

>Die Lehrerin hat mir nur das erzählt<, sagte Intlack fest.

Simtlacks Tentakel drehten sich. >Snactyl?<

"Der Lehrer hat einen Gedankenschutz. Warum?"

Simtlacks Tentakel schwenkten zurück zu Intlack.

>Sie mochte es nicht, dass ihre Gedanken an der Oberfläche jederzeit von uns bekannt waren. Sie bat die Dorianerin, ihr zu helfen, und die Näherin kam ihr entgegen. Die Näherin hat ihre Rolle überschritten.

>Sie ist eine Dorianerin, alt, und sie mischt sich gelegentlich ein.

Cheetlon gab ihren ersten hörbaren Kommentar ab: >Ich habe schon beim ersten Treffen gemerkt, dass es der Lehrerin unangenehm war, dass wir sie so leicht kennenlernen konnten. Ich glaube, es ist nicht ungewöhnlich, dass die menschlichen Wesen so empfinden. Chiang hat seit langem einen Gedankenschutz.

>Chiang hat seine Loyalität bewiesen. Ich möchte wissen, warum mein Sohn, der Älteste, so sicher ist, dass sein Lehrer die Wahrheit vermittelt.

>Die Lehrerin hat mir nach bestem Wissen und Gewissen alles gezeigt, was geschehen ist. Ich höre die Wahrheit.

Snactyl zischte: "Der Älteste ist unerfahren. Ein schlauer Spion kann dem Geist oberflächliche Gedanken einflößen, die das Wahre verdunkeln."

Simtlack überlegte. >Lehrer, bitte zeige uns deine Erinnerungen an die Nacht.<

Die Creels plätscherten.

>Es spielt keine Rolle, was sie enthüllt. Ich werde dafür sorgen, dass nur Snactyl, mein Gefährte und der Älteste es hören. Er verbeugte sich vor den Creels und wandte sich dann an Susannah. >Beginnt.<

Noch einmal ging Susannah die Ereignisse jener Nacht durch. Sie vergaß, dass sie in einem Gerichtssaal stand, während Simtlack sie anstachelte und Details aus ihrem Gehirn zog wie Fäden aus einer Nadelspitze. Sie sah wieder die Tänzerinnen, spürte, wie ihr Getränk auf der Zunge zischte, roch den Sumpf, während sie sich aus Snactyls Blickfeld zurückzog. Als es vorbei war, fand sie sich zu ihrer

Überraschung in sauberen Kleidern wieder, die müde vor dem Podest schwankten.

"Die Geschichte der Menschen beruht auf so viel Ungeschicklichkeit und Dummheit! Iss jemand sso dumm?"

Intlack schwieg, als die Tentakel seines Vaters ihn betrachteten. >Nun, mein Sohn?<

>Ich ... habe andere ... Beispiele für die unklugen Handlungen und Ungeschicklichkeiten des Lehrers erlebt, Vater. Als ich das erste Mal allein mit der Lehrerin sprach, war ich verärgert/ gedemütigt/ verzweifelt. Sie war so unklug/ unverblümt, dass sie mich der Unhöflichkeit beschuldigte.<

Oh, Intlack, dachte Susannah. *Bitte tun Sie nicht, was ich glaube, dass Sie in Erwägung ziehen. Das ist es nicht wert. Ich bin es nicht wert.* Sie schüttelte den Kopf über ihn.

>Du hast von Beispielen im Plural gesprochen?< fragte Simtlack.

Susannah schüttelte verzweifelt den Kopf.

>Ja. Es gibt eines. Aber ich kann nicht darüber sprechen.<

"Nein!", flüsterte Susannah und machte einen Schritt nach vorne. Snactyl zischte und schlitterte auf sie zu.

>Kannst du nicht darüber sprechen? Was ist das?<

>Ich kann nicht darüber sprechen. Ich sollte nicht daran denken. Und doch bin ich deshalb von der

Unschuld des Lehrers überzeugt. Mehr kann ich nicht sagen.<

"Ich kann eine solche Behauptung nicht akzeptieren."

Susannah zischte Snactyl an, und die Schlange zischte zurück.

>Das kann ich auch nicht. Du musst das genauer erklären, Ältester.

>Ja, Vater. Es geht um einen Nihilismus.<

"Nein!", schrie Susannah.

>Intlack!<, rief Cheetlon.

>Intlack!< brüllte Simtlack. Dann schwieg er für eine Zeit, die Susannah wie mehrere Jahre vorkam.

"Nein, oh, nein", flüsterte sie vor sich hin.

Schließlich sprach Simtlack, seine Gedankenstimme war erstickt: >Ich sage deinen Namen nicht mehr.<

Verzweifeltes Wimmern ertönte von Intlack.

>Du bist nicht mehr mein Sohn. Du musst -<

"Nein! Das ist lächerlich! Das kannst du nicht tun!"

Intlacks Kopf hob sich, und er schüttelte ihn verzweifelt.

>Was?<

Susannah schlug bei dem Schmerz dieses Wutschreis die Hände über dem Kopf zusammen.

"Susannah!" Chiang sprang vor. "Lass das! Hast du denn gar nichts gelernt?"

"Doch! Natürlich habe ich das!" Sie trat absichtlich auf Snactyls Schwanz und marschierte auf Simtlack zu. Snactyl bäumte sich auf, aber da stand Susannah schon zu nah an Simtlack, als dass die Schlange noch etwas hätte tun können. "Ich habe erfahren, dass du einen tapferen Sohn hast, Simtlack! Warum hast du das nicht gelernt? Du hast die Wahrheit aus ihm herausgepresst! Willst du nun die Wahrheit, die du hörst, leugnen?"

>Schweigen Sie, Herr Lehrer. Er hat von dem Verbotenen gesprochen. Er muss seine Schale verlassen.<

Mit einem leisen Keuchen begann Intlack, aus seiner Schale zu kriechen.

"Bleib sofort stehen, Intlack!" Susannah streckte ihre Hand aus und berührte Intlacks nackten Hals. Erschrocken blieb er stehen. Susannah schaute Intlack in die Tentakel. "Mein ganzes Leben lang habe ich getan, was ich für das Beste für mich hielt! Es bedurfte deines Sohnes, der mir wie ein schleimiger Wurm vorkommt, um mich Selbstaufopferung und Verantwortung zu lehren. Ich weiß nicht, warum du mich hierher gebracht hast, Simtlack. Niemand außer dir scheint deine Entscheidung zu verstehen! Ich weiß nicht, ob ich Intlack irgendetwas beigebracht habe. Aber ich weiß, dass Intlack für mich ein Lehrmeister war! Und er könnte ein Lehrer für dich sein, wenn du nur zuhören würdest. Du sagtest, du hättest die Kraft, einem Barbaren zuzuhören. Hast du die Kraft, auf deinen eigenen Sohn zu hören?"

Sie stellte sich ihm gegenüber, die Hände in die Hüften gestemmt und voller Adrenalin. "Du hast das Recht, mich ins Gefängnis zu werfen oder mir das Gehirn wegzupusten, oder was auch immer du tust, aber du hast kein Recht, diesen - diesen mutigen jungen Shill - im Stich zu lassen!" Susannah wich zurück und sah Intlack an, der immer noch wie erstarrt dastand, wo sie ihn aufgehalten hatte.

Sie hörte ein Rascheln hinter sich und nahm an, dass es Snactyl war, der sie festnehmen wollte. Aber es war Morabal, der an ihre Seite trat.

"Wie es scheint, hat dein Plan funktioniert, mein Freund."

\>Pardon?< Simtlack hob seine Tentakel.

"Dein Sohn ist ein mächtiger und barmherziger Diplomat, genau wie du gehofft hast."

\>Mein Sohn - mein Sohn ist für mich verloren! Ausgestoßen!<

"Achh!", bellte der Baum. "Du willst dich doch nicht wirklich auf diese alte Leier berufen, oder?"

\>Was kann ich sonst tun? Das Gesetz ist eindeutig.

"Das Gesetz besagt auch ganz klar, dass du jede Gelegenheit nutzen musst, um die Nachkommen der Ältesten zu Diplomaten zu machen, die der Kaiserin würdig sind. Ich glaube nicht, dass sie es begrüßen würde, wenn ein solches Potenzial verloren ginge."

\>Er kann sich eines Nihilismus nicht bewusst sein! Das war ich nicht!<

"Kommen Sie, Simtlack. Erinnerst du dich nicht an eine Zeit, in der du dich zwingen musstest, nicht an Nihilismus zu denken?

>Nun ja ... vielleicht.<

"Ja, und wie könnt ihr erwarten, dass die Geschöpfe um euch herum, die nicht eure Ausbildung haben, sich immer daran erinnern, dass sie sich eines Nihilismus nicht bewusst sind? Und doch ist es ihnen nicht erlaubt, mit dir darüber zu sprechen, ohne ihr Leben zu gefährden! Nihilismen waren sinnvoll, als es nur um die Familien und ihre Diener ging - aber jetzt trefft ihr auf viele, viele schwächer gesinnte Wesen und wahre Nihilismen sind nicht mehr möglich. Das ist ein Gesetz, das angepasst werden muss, Simtlack."

>Du bist schon lange mein Lehrer, Morabal. Und du willst immer, dass ich etwas ändere. Was schlägst du vor, wie ich diese Entwicklung entwirren soll?<

"Ich weiß es nicht. Ich bin nicht der Diplomat - du bist es. Ein mächtiger und barmherziger Diplomat, der aus seiner Kraft heraus Zugeständnisse macht. Tun Sie Ihre Arbeit." Der Baum legte eine riesige knorrige Hand auf Simtlacks Panzer. "Es ist richtig, dass du das tust."

Simtlacks Tentakel schlängelten sich hin und her. Er beriet sich mit Cheetlon. Er kam zu einem Entschluss. >Ist mein Mut geringer als der meines Sohnes, dessen Tapferkeit groß ist, wie der Lehrer gesagt hat? Ich habe dich hierher gebracht, Susannah-Lehrer, weil du aus einer Gesellschaft stammst, die sich den Menschen um sie herum für überlegen hält. Ich hatte eine ähnliche Haltung bei meinem Sohn gesehen. Das hat mich beunruhigt. Ein Diplomat muss mächtiger sein als seine Triebe, barmherziger als seine Kräfte es erfordern, und offener für neue Ideen als der Rest seiner Gesellschaft. Ich habe geglaubt, dass Sie ein negatives Beispiel sein würden, um ihn aus seinen Fehlern zu belehren. Ich bitte um Verzeihung. Ich habe meine Macht unangemessen eingesetzt und Sie falsch eingeschätzt. Du bist für uns alle ein Lehrer gewesen." Er senkte den Kopf.

Cheetlon stellte sich neben ihn. >Simtlack, sprich zu deinem Sohn!

>Mein Sohn. Mein Stolz auf dich ist größer, als ich es ausdrücken kann. Kehr zurück in deine Schale und an deinen Platz an meiner Seite. Ich erkläre, dass es in diesem Quadranten keinen Nihilismus mehr gibt. Der Lehrer ist begnadigt.<

Intlack zog sich in seine Schale zurück, aber er war offenbar sprachlos.

Cheetlon strahlte Freude aus. >Wir haben viel, wofür wir dankbar sein können. Morabal wird uns helfen, dies morgen beim Gottesdienst dem Meister gegenüber zum Ausdruck zu bringen. Dieser Hof ist zu leer.

Simtlack, Cheetlon und Intlack bildeten einen engen Kreis und standen sich gegenüber.

Susannah schaute zu den Gälen. Sie plärrten vor sich hin, aber ob sie zufrieden waren oder nur zu ehrfürchtig vor Simtlack, um sich zu beschweren, wusste sie nicht.

Snactyl schlängelte sich an ihre Seite, und sie trat einen Schritt zurück. "Du hast von mir nichts zu befürchten, Mensch. Ssimtlack hat dich begnadigt. Das ist endgültig. Es tut mir leid, wenn ich dich falsch eingeschätzt habe, und du hast mich falsch eingeschätzt. Chiang hat mir von der Schöpfungsgeschichte der Erde erzählt. Ich bin kein böses Wesen, obwohl ich eine Schlange bin." Sie schlitterte davon.

Susannah starrte ihr erstaunt hinterher.

"Susannah." In Chiangs braunen Augen spiegelte sich seine Erleichterung. "Es tut mir leid, daß ich nicht auf der Party war, und --"

"Oh, Chiang! Es gibt nichts, was dir leid tun müsste! Hast du Simtlack nicht gehört? Er hat mich eingestellt, um ein schlechtes Beispiel zu geben. Und das war ich ja auch, nicht wahr?"

"Du - du - wirst du nie lernen, die Dinge ernst zu nehmen?"

"Das hoffe ich nicht!" Sie wollte ihn umarmen, aber sie wusste nicht, wie sie es anstellen sollte. "Danke, dass du mein Freund bist."

Er schüttelte den Kopf. "Mit Freunden wie mir ...", murmelte er und ging davon.

Susannah sah ihm nach und fragte sich, ob sie jemals eine einfache Freundschaft erreichen würden. Intlack löste sich von seinen Eltern und ging auf sie zu.

>Du hast dein Leben für mich riskiert.<

"Nicht wirklich. Ich war bereits verurteilt. Aber du hast alles für mich riskiert. Ich danke Ihnen."

>"Warum habe ich das getan?

"Ich glaube, weil wir uns liebgewonnen haben."

>Paarung/ Fortpflanzung/ Familie?<

"Nein. Fürsorge, Wertschätzung, Freunde."

>Ich habe noch nie einen Freund gehabt. Und du bist kein Shill. Du bist eine Barbarin!<

Susannah lächelte. "Vielleicht ist es möglich, dass sogar die Nicht-Shillvilisierten wertvolle Freunde sind."

>Vielleicht. Ich werde darüber nachdenken. Wir werden es morgen besprechen.<

"Ja, Älteste."

Intlack drehte sich um und glitt davon. Susannah lächelte. Er ließ eine Schleimspur zurück.

www.ingramcontent.com/pod-product-compliance
Lightning Source LLC
LaVergne TN
LVHW041712070526
838199LV00045B/1317